삶의 글
살며 시詩

삶의 글
살며 시詩

김영성

도서출판 산다

살며시
여는 글

사람의 삶은
생각을 쌓아가고 그 일부는 내려놓으며 살아가는
여정旅程이다.

생각은
사물과 현상을 보는 관점과 사람에 따라 다르게 형성된다.
사람의 생각은 행위로 나타나고
행위는 직업과 취미로 연결되기도 한다.

어느 날 화가 '김영성金永聲'의 시詩가
까치집 위에 내리는 진눈깨비처럼 다가왔다.
질척이지 않았고 강하고 간결하게
나의 마음속을 파고들었다.

왜일까?
다가가 그의 마음을 열어젖혔다.

생각이 잘 표현된 아주 독창적이고 때묻지 않은
시詩와 산문散文, 그림이 가득 들어있었다.

저자는 관점과 밀착된 예리한 관찰력으로
사물과 현상을 보았고
대부분의 사람들이 간과하는 것들을 마음에 담아
가슴 깊이 별처럼 새겨두었다.
이 생각들을 그만의 독특한 필치로
그림을 그렸고 글로 썼다.

이렇게 다가온 싱싱하게 살아있는 그의 글들을
세상에서 소멸되도록 모르는체하거나
소홀히 다루어지는 것을 눈 감고 있을 수 없어
'도서출판 산다'에서
산문散文과 시詩를 같이 담는 흔치 않은 형식으로
'생각과 지식의 집'인 책으로 엮었다.

누구나 글은 쓸 수 있다.
그러나 독창적이고 좋은 글은 아무나 쓰지 못한다.

『미술을 전공하고
광고회사 근무 12년,
대학교수로 28년 재직하며 이루어진 생각과 삶을 풀어낸
이 맛있는 '삶의 글과 살며 쓴 시詩'들을
많은 사람이 공유하여
삶과 생각에 자양분滋養分이 되었으면 합니다.

좋은 글을 출판할 수 있게 허락해 주신
저자 김영성金永聲교수님께 감사드립니다.』

도서출판 산다山茶　주간主幹 최재황

차례

02

키치|kitschy

03

나는 몇 점?

04

손톱의 의미

일러두기

- 글의 맛을 살리기 위해 비표준어, 속어, 잘못 사용하고 있는 외래어 등을 교정하지 않고 그대로 둔 경우가 있습니다.

  예)
  판넬(패널), 승질(성질), 니덜이(너희들이), 논(놓은), 츄리닝(추리닝, 트레이닝), 궁시렁댈(구시렁댈), 내(나의), 싸그리(깡그리), 기브스(깁스), 하이라키(하이어라키), 땅때기(땅뙈기), 뼁끼(페인트) 등

- 글의 흐름상 의도적으로 띄어쓰기를 하지 않기도 하고 한 칸 띄어쓰기를 하거나, 줄을 바꾸고 한 줄 띄우기를 한 경우도 있습니다.

- 저자는 "한글맞춤법 부록 '문장부호'의 4.쉼표(,)의 (14)"를 준용하여 일반적으로는 끊어 읽지 않아도 되고 따라서 쉼표를 쓰지 않아도 되는 어구이지만, 끊어 읽음으로써 해당 어구를 두드러지게 하려는 의도로 어구의 뒤에 쉼표를 자주 사용했습니다.

01

까치집

까치집 I

동물, 곤충 중에는 놀랄만한 재주를 가지고 있는 놈들이 많다. 까치도 그중의 하나다. 까치는 굳이 바람 부는 날 집을 짓는다. 그런 날 집을 지어야 폭풍과 눈보라를 견딜 수 있기 때문이란다. 그래서 건축가들은 까치가 지은 집을 최고의 건축물로 칭찬하기도 한다. 까치집은 엉성해 봬도 신기하게 비가 새지 않고 높은 나뭇가지에 지어 다른 동물의 접근을 예방한다. 바람 반대편에 입구를 내어 맞바람을 피하는 지혜로운 동물이다.

새들이 대개 그렇듯 까치도 짝이 정해지면 평생을 같이한다. 가끔 나무가 아닌 전봇대에 집을 짓는 까치가 있다. 나무와 달리 전봇대는 바람에 흔들림이 없기 때문이다. 한전 직원은 정전 사고를 막기 위해 매년 봄이면 까치집을 털어낸다. 까치는 거기에다 집을 다시 짓는다. 열 번이고 스무 번이고 짓는 녀석도 있다. 제 살던 곳을 고집하는 오기가 있는 새다.

까치집은 사람들의 얼굴이 다 다른 것처럼 비슷해 보여도 같은 게 거의 없다. 나이 든 녀석은 크게 짓고 성급한 녀석은 삐죽삐죽 짓는다. 작은 것, 세모 난 것, 둥근 것 등 조금씩은 다 다르다. 까치는 암수가 같이 집을 짓는다. 가끔 지나다 보면 짓다 만 까치집이 눈에 띄기도 하는데 이는 짓는 도중 암수 중 한 마리가 죽거나 해서 남은 한 마리가 떠난 집이다.

나는 까치의 고집스러움이 좋다. 화려하지 않은 소박함이 좋다. 집으로 투기하는 우리네와 다르다. 까치집에는 집 한 채에 몇 십억씩 하는 호사스러움이 없다. 고가의 수입 자재를 쓰지 않아도 새끼들을 기르기에는 충분하다. 까치는 진흙과 깃털로 둥지 안을 꾸미고 산다. 까치집은 여간해선 낮은 곳에 짓지 않기 때문에 가까이서 보기가 쉽지 않은데 우연히 벌목한 나무에서 까치집을 볼 기회가 있었다. 겉보긴 얼기설기 형편 없이 보여도 그 속은 생각보다 훨씬 아늑해 보였다.

내가 까치집을 좋아하고 그림으로 많이 그리는 이유는 자연스러움 때문이다. 크든 작든, 모양이야 어떻든 간에 까치집은 나무와 하늘과 산과 들과 잘 어울린다. 있어도 없는 듯하다. 크게 신경 쓰이지도 않는다. 외려 거기 있어서 정답고 허전하지 않다.

내 언젠가 형편이 되면 까치집 같은 집을 짓고 싶다.

주변과 어울리는 자연스러움, 사치스럽지 않으면서도 지혜로움을 담은 집을 지어 고집스럽게 살아보고 싶다.

까치집을 닮은 집에 내 마음과 몸을 담으려 한다.

아주 오래 전

봄 산

빵집 아저씨는 이른 봄에
이산 저산 빵을 굽나

봄 볕 아랫목 넣어 논
연두 밀가루 반죽에 이스트 뿌려

어제보단 퐁퐁 부풀어
잎사귀, 풀잎, 봄비 섞어

앞산에서 쑥떡을 만드는지

꽃잔디

꽃잔디 분홍 보라 퍼지면
봄은 끝물이란 건데
저 보라색마저 흐지부지되면
허겁지겁 여름이겠지

녹음이 어쩌니 난리를 떨어도
보나 마나 늘어질 내 여름은
빨랫줄 후줄근한 밉상이겠고

그렇더라도
서리에 맞춰 진화한 내 머리는
싸아한 입추. 상강을 기다릴 테지

아카시아 꽃

배추흰나비가
흰 운동화 벗어 놨나
쪼로록 총총총 줄을 맞춰

놀다 허기진 없는 집 애들
쭈르륵 훑어
한입에 털어 넣을라

순서대로 새끼 신기려
꿀벌이 지어 놓은
무명버선 애기버선

미춘 未春

승질 급한 이는
개구리 와글대는 경칩이면 봄이라고
어느 시인은
개나리가 펴야 봄이라고

배시시 내민 배꽃 얼굴을
죄다 얼려 떨구는
도무지 종잡을 수 없는 초봄 날씨
오죽해 불사춘

냉이 달래가
장바닥에 나왔어도 아직은

그래 넉넉잡아
두릅 순 나와야 봄

기다리지 않아야

어느 날 순을 쏙 내밀고 있지

4월에 내린 눈

까불대며 핀 산수유는 달달 떠는데
순 내놓은 개나리 입술 퍼래져도

떠밀려가는 겨울이 눈 흘기며
미련을 떨이하듯 못 낸 눈 내팽개쳐

그래봐야 목젖이나 간신히 넘긴
여린 마지막 날숨
버둥대는 꼴 추접스럽기만

계절조차 누굴 닮아
이리도 눈치가 없는지…
우설愚雪이여

느린 시계

시계가 섰다
죽은 줄도 몰랐어

약을 갈려다
초침이 움직여
죽은 게 아니라 느렸어
동그란 시계는 올가미 같아
전지를 도로 뺐다
올가미를 풀 듯

길 위의 개구리

헤드라이트 빛 어둑한 산길을
개울을 뒤로한 개구리들이
왜 산으로 가는지 나는 모르지만

차에서 내려
풀섶으로 놈들을 몰아주고
기다려준 뒷 차에
손 한번 흔들어

그 옛날 줄 끊고 도망간 붕어는
낚시 바늘이 빠졌을까?

불평 없이 꼬박꼬박 달걀 주는 닭

괜한 살육,
이젠 안 잡는다

우린 객일 뿐

아기 자작나무

어미닭이 종종종
병아리들 몰고 노는
자작나무 밑둥에
어느새 씨가 날려 새 순이 돋아

그렇구나
키만 크고 싱거운 데다
명줄도 짧아 우리네 인생 정도
당대에 하얗게 끝내려니 아쉬워

네가 기르는 새끼라는 걸
미처 내가 몰랐구나

예초기 내려놓고
아기 순을 옮겼다
어미가 잘 보이게, 양지로

어때 됐지?

올려다보니

어미 자작은 고맙다

이파리 흔들고

벚꽃 길

꽃이야 그 길에서
얼마는 더
무슨 애길 했을 테고
며칠은 더 피어있었겠지
그만한 호사는
괜찮을 거라 여겼겠지만
피면서 진다는 걸
몰랐던 건 아녔겠지

솔직히 난
꽃엔 별 관심 없어
잠깐이나 요란 떨고
슬쩍 보여주는 반짝이에

잘 속지도 않아

안 봐도 이맘 때

그 길이야

그렇겠지만

그 길에 단풍이 들 때

그 때 쯤이나

한 번은 가 보려

까치집 Ⅱ

정월부터 까치가

집을 짓네

드나는

구녁도 안 봬

삐죽삐죽 해도

비는 안 새

바람에

잘 흔들리지도 않아

건축가들도

탐내는 솜씨

짓다 떨군 가지가

밑둥에 너저분해도

멀리서 가지를

또 물어 와

낙장불입, 고집도 한자락

두 마리 앎 수겠지

좀 쉬다 하지
암놈이 잔소리를 해대는지
숫놈이 밥 먹고 하자는지
며칠
종일 부산스러워
말 많을 신혼시절 단칸방

네 평짜리 반 지하에 신혼을 살다
궁전 같던 방 두 개, 임대아파트
새끼 두 놈을 삼사 년 키웠지
좋은 시절 이었어

까치야 까치야
니들이 옳다
복은 크기가 아니더라

마당에

까치집 하나 있으니
휑하지 않고
풍경이 좋네

까치야 까치야
니덜이 선생이다

장닭에 대하여

새장 같은 아파트 생활을 벗어나 흙 밟을 수 있는 곳에서 판자로 덧댄 집이라도 짓고 사는 게 아주 오래전부터의 간절한 생각이었는데, 산자락 밑에 땅을 조금 사서 집 짓고 산지 얼추 10년쯤 된다. 집 앞뒤로 마당이 좀 있어서 뒤뜰에 닭을 키우기 시작했고 달걀은 자급하고 있다. 아침이면 닭장 문을 열어 닭들이 종일 돌아다니며 먹이활동을 하니 자연방사인 셈이다. 봄, 여름이면 어미닭이 제가 깐 병아리 몰고 다니며 먹이 찾아 주는 그 모습을 보게 되는데 자세히 보면 이놈들 사는 게 우리네 인생과 그리 다르지 않다. 비록 짐승이지만 제 할 일을 다하며 내게 한마디 해주는 것 같다.

수탉을 유심히 보면 아주 멋진 녀석들이란 느낌을 받곤 한다. 모이를 뿌려 주면 수탉은 덤벼들지 않고 뒤로 물러나 암탉과 병아리가 먹는 것을 보기만 한다. 땅을 발로 헤집어 지렁이, 벌레 등이 나오면 수탉은 먹지 않고 낮은 톤으로 '구구구구' 하며 암탉들을 부른다. 흩어져 있던 암컷들은 날 듯 뛰며 달려와 잡아놓은 먹이를 채간다. 수고한 수컷에 인사나 고마움 표시 같은 건 없다. 하긴 가장들이 고맙다는 말을 들으려 사회생활을 하지는 않지만. 매정한 놈들 이다. 당연한 것인가?

집안에서 기르던 강아지 몇 마리를 일주일에 한두 번은 내놓아 놀게 하는데 강아지들이 암탉 근처로 가면 장닭은 강아지들을 쫓아낸다. 날개를 펴서 체구를 크게 하여 위협하기도 하고 목 깃털을 세우고 목청 높여 강아지들에게 달려들어 부리로 쪼아 병아리, 암컷들을 보호한다. 제 몸 생각하지 않고 덤비는, 기품까지 느껴지는 용맹한 녀석들이다. 사람으로 말하면 가장의 역할을 다하는 것 같아 '대단한 녀석이다'라는 느낌을 들게 한다. '그래, 그래야 돼' 하며 말이다.

프랑스에 가본 적이 있다. 이 나라는 닭 디자인의 소품이 대단하다. 또 국조國鳥가 장닭이다. 요즘도 프랑스가 축구 경기를 하면 닭 모양의 머리장식을 한 응원단이 매번 등장할 정도로 이네들의 수탉 사랑은 남다르다. 역사적 종교적 유래가 있다는 글을 읽은 적이 있지만 별 흥미 없어 기억이 나질 않는다. 스페인의 한 귀퉁이에 붙어있는 포르투갈이란 나라는 장닭 사랑이 더 유난하다. 관광상품 파는 가게는 물론이고 어지간한 마켓에서도 각양각색의 닭 장식물, 기념품을 쉽게 볼 수 있다. 건물의 지붕, 처마, 벽화며 병따개, 모자, 테이블보 등의 생활용품에도 닭 디자인을 쉽게 볼 수 있다. 포르투갈인들은 장닭과 생활을 같이하는 셈이다. 15세기 인도양을 발견하고 최대 식민지를 갖고 있던 이 나라 역사나 예술사적 업적보다 이 나라를 다녀온 사람들은 장닭을 더 쉽게 기억할 것이다. 나부터도 그렇다.

대부분의 유럽에서는 거의 사자나 독수리를 상징으로 좋아한다. 로마시대 이후 신성로마제국의 영향 때문일 것이다. 그런데 왜 프랑스, 포르투갈 이런 나라 사람들은 유독 장닭을 좋아할까? 종교적, 역사적 유래가 분명 있겠지만 그보다도 장닭의 '가족에 대한 책임감' 때문이 아닌가 생각된다. 아버지, 할아버지, 그 위의 조상님들이 그러했듯이 남자로 태어나 가족을 지키고 제 몸 돌보지 않고 때론 목숨도 바쳐야 하는 삶을 숙명으로 여기고 살아야 하는, 용감한 일벌 같은 존재─남자의 상징이어서 인 것 같다. 그러니 '치킨게임' 이니 '닭대가리'니 하는 말은 삼가야 할듯싶다.

장닭의 습성은 온 세상 가장의 삶을 닮아서 사람들이 좋아하는 것이다. 나도 가장이다. 공교롭게도 난 닭띠다. 나는 장닭처럼 살아 왔고, 살고 있고, 앞으로도 그리 살 수 있나? 물어 보게 된다.

2017년 2월

홍단풍

홍단풍 잎이
손을 닮은 건

뒤집어 손금 보니
재물선 출세선 없고

생명선 하나뿐

봄부터 가을까지 빨갛기만

홍단풍에 사는
작은 키에 마른 도인이
못 알아듣는 속물들에게

술 취해 열내며
설법을 하느라

박새

해마다 박새는 왜
창고 창틀 구석에, 계량기 밑에
집을 지을까

밤에 후레시 켜 새끼 들춰보는 인간이
귀찮지도 않은지

예가 편하면 그렇게 해라
나도 이 집에서 새끼 둘을 다 길렀다

고라니 자리

울타리 삼아 심어 논 보리수 밑둥
대충 사방은 가려져
고라니가 똥을
이리저리 싸놔
녀석이 가끔 와 자던 옴폭한 자리

강아지 헛 짖어 밥값 하는 통에
잠결에 놀라
헐레벌떡 달아나는 꼴이

풀 조각이나 씹는
덩치만 큰 겁 많은 생명
밭고랑 망을 쳐놔
푸성귀 나는 한철
훔쳐 먹기도 간단치 않을 텐데
잠자리라도 편해야지

야밤 쫓겨난 저 녀석은

어느 골짜기

자리 찾아 썰썰 댈지

봄부터 소독차가 줄 창 연막을 뿌려대서

올해는 어찌

반딧불이가 하나도 안 뵈

주먹만 한 두꺼비는

허부적 버겁다고

손 놔버린 밭떼기에

개망초는 속없이

이때다 싶어 쫙 퍼져

산속 여름밤 고요해도

풍경이 별반 그림만은 아니네

곤줄박이

엎어 논 장독뚜껑 고인 빗물에
산새 몇 마리 난리가 났어

발그레한 뱃살 보이며
날개깃으로 물방울 튀겨
등짝이 가려운지 몸단장을 하는지

뽀시래기들이 깔끔을 떠니
보는 내가 다 간지러워

희멀건 허벅지 내놓고 허부적대는
텔레비전의 장삿속 춤꾼들보다
천 배는 더 멋져

먼지투성이 빗물일 텐데
새 물로 갈아주련
또 와 놀렴

곤줄박이들아

시계들

시계는 사방에 널려 있어

마당의 밤나무 그림자를 보면
대강은 시간을 알 수 있지

주차장 옆 방범등 불 들어오면
봄날 일곱 시가 넘은 거고
앞산 마루 밑으로 샛별이 가라앉으면
거의 열시쯤은 된 거야

뒷마당 장닭이 울기 시작하면
얼추 새벽 두시반은 넘지
오줌 마려워 일찍 눈 떠
창밖이 뿌옇게 밝으면
벌써 여섯 시는 된 거지

치과 수납직원이

전에는 아버님이라더만
오늘은 어르신이라
내 얼굴시계가 그리 보였겠지

몇 시가 됐던,
틀려도 상관없지만
좀 더디 가는 시계였으면

몇 시간 짜리

농약 잘못 뿌려
잔디 다 죽은 흙 마당
여나무 친구들이 놀다 갔다

졸망한 준비
사실, 치우고 닦던 며칠은
잠 안 오는 소풍 가기 전날

오늘은 잔디 가게에 들려
다문 한나절짜리라도
예가 아니야 다시 심어야

친구가 가져온 빼갈에 취해
숨이 차 나팔을 못 불었어
내년엔 맨 정신으로 잔디 자란 마당에서
좋아하는 재즈를 멋들어지게 들려주마

친구들아 니들은 아느냐?

몇 시간 짜리가 몇 번 남았는지…

나는 알 수가 없어

암탉과 병아리 한 마리

여섯 알 중에 세 마리나
암탉이 병아리를 깠어

어미는
비가 오면 세 마리를 가슴털에 묻어
젖지 않게 우산이 돼
품고 재우다 한 마리가 죽었어

해가 뜨거울 땐 날개를 펴
두 마리의 시원한 양산이 되지
어제 한 마리가 또
얼마나 속이 탈까

남은 한 마리는 어미랑 색깔이 같아
어미는 병아리와 그늘에서 쉬면서
생각이 많을 거야
왜 그랬을까

어미는
달랑 한 마리를 무등 태우고
마당을 걸어

어미는 벌써
까맣게 다 잊었나 보다

장닭

프랑스가 닭이 국조인 이유를 알면
닭을 빗대 욕할 게 아니야

장닭은
땅을 파 지렁이나 벌레가 나오면
새끼나 에미를 구구하며 불러 먹여
지는 뒷전, 가족을 위해

날개를 쫙 펴 몸집을 키우고
깃을 세워
얼쩡대는 까치나
해코지하는 동네 개에게
제 몸 안 가리고 달겨드는 용맹이
여느 집 남정네 비슷

보통 엄마들은 내장, 사지
안 아픈데 없는 종합병동이고

할매들도 영양제, 비타민에 온갖 약봉지를
바구니만한 자루 채 끼고 살아
병원 가길 마실 가듯
팔구십 까지는 문제없어

아비들은 병이 있어도 아플 순 없지
딸린 식솔 때문에
곰탱이들은 아프면 안 돼
바로 죽어 버려서

장닭은 암탉보다 일찍 죽어
자연사한 장닭은 늙어서가 아니라
모를 뿐, 깊어진 골병 때문일 지도

포르투갈에도 닭 문양 천지지
장닭을 알기 때문이야

이제부턴
닭대가리니 치킨게임이니 하는 말은

마

일생을 가족에 바친
어른들께 하는 욕일지도

우리 집 올 때는

마트에
담배 사러 가듯
티셔츠 대강 걸치고
반바지나 츄리닝 입고 오시게
맨발에 슬리퍼면 더 좋지
동네 마실 가듯

이보게, 우리 집엔
흉볼 사람 없다네

사암리 작업실

머리카락 뭉텅이로 빠질

신경 곤두세워

없는 돈에 사생결단, 사암리[1]에 어렵사리 지었지

할 줄 아는 게 그나마 그림이라

나중에라도 잘 가꿔 내 쓰려했지만

며칠 뒤 잔금 받으면 영 남의 게 돼

팔아먹었다

시쳇말로 내 봄날이던 그 몇 년

싸움닭 같던 내 중년의 그 몇 년

곳곳에 내 것이던 누구 것이던

핏자국이 있을 텐데

생각만도 시원했던 여름 테라스 그늘

앉은뱅이 책상에 푸른 카페트 깔린

낮잠 자던 2층 방 맨바닥

---
1) 용인시 처인구 원삼면 사암리

철퍼덕 앉아

오늘 마지막 인사의 담배 한 대를

다 그리울 테지만 억지로라도 않으려

이제는 그저 다 고마울 뿐

뭉코와 둥이

뭉코

　지난주 토요일 오후 2시경 뭉코가 죽었다. 오늘이 수요일이니 나흘이나 지났는데도 녀석 생각에 가슴이 시릿하다. 수컷이라 그리 살갑게 굴지도 않던 놈이라, 이내 잊혀 질 줄 알았는데 그렇지가 않다. 시츄[1]들이 다 그렇듯 코가 짧고 뭉툭해 우리 집에 처음 온 날 이름을 그렇게 지었다. 흰 바탕에 눈가와 등에 커다란 갈색 점의 멋진 모피코트를 입고 있었다. 큰 애, 작은 애가 초등학교 다닐 때 식구가 돼 지난주 까지 14년 3개월가량 살고 갔다.

　뭉코가 온 2년 뒤 까만 시츄 '까미'가 또 왔다. 5년 전에는 말티즈[2] '솜이', 말썽꾸러기 악마견 비글[3] '별이'가 같은 해에 우리 식구로 더 늘었다. 악마견, 지랄견 이란 명성답게-명불허전-별이가 집 안팎으로 사고 친 일은 이루 다 말로 할 수 없다. 아마 하루 밤은 훌랑 새야 다할 수 있을 정도다. 그래도 모두 암컷이라 재롱이 많고 잘 따른다. 게다가 작년에는 집 앞에 뒷다리를 조금 불편하게 걷는 요크셔테리어를 누가 놓고 가, 졸지에 유기견이 된 그 녀석까지 맡아 식구로 들였으니 우리 집은 네 식구에, 강아지 다

---

1) 티벳이 원산지인 중국 왕실에서 키우면서 발전한 견종犬種
2) 몰티즈, 몰타섬이 고향으로 알려진 소형견
3) 원산지 영국, 활동적인 특징을 보이는 하운드

섯 해서 대가족인 셈이다. 본의 아니게 '업둥이'가 된 요크셔테리
어[1]의 이름은 '둥이'로 부르기로 했다.

1년 전쯤 뭉코가 통 먹질 않아 병원은 데려가 보니 이빨이 다
상해 그런 거라 했다. 개 나이 14살이면 사람 나이로 80~90이라
니 그럴 만도 했다. 그래도 이빨 치료를 하고는 잘 먹고 잘 놀았
다. 치료래 봐야 썩어 기능을 못하는 이빨을 뽑는 정도로, 그 후
살집도 좀 붙고 특유의 '헛 짖음'도 많고 나아져 안심을 했는데,
기껏 1년여 더 살았다.

다행인 것은 며칠 아프지 않고 간 게 고맙다. 밥을 전혀 멀질 않
고 누워 있길 3~4일, 배짝배짝 말라 안되겠다 싶어 동물병원에
서 검사를 했다. 특별히 장기나 몸에 이상이 있는 건 아니라고 해
서 영양제 수액을 3일 맞고 기운을 되찾는듯했다. 병원에서 가져
온 약과 특수식 통조림 이유식을 좀 먹더니 제 발로 대 소변도 가
리고 해 한 시름 덜고 있었다. 의사 말로도 원체 노견이어서 오래
는 아니어도 6개월 이상은 더 살 것이라 했는데 젠장, 1주일도 못
넘기고 말았다.

뭉코가 숨지기 전날 내가 늦은 저녁을 먹는데 밥상머리에서 간

---

1) 영국이 원산지인 견종(애칭 : 요키)

식 타령을 하는 거 같아 소시지 한 조각을 줘 봤다. 안 먹을 줄 알았는데 받아먹는 것이었다. "그래 잘했어. 그거라도 먹으면 기운 차리는데 좋을 거야"했다. 고기나 생선, 간식 뭐를 줘도 잘 안 먹던 녀석이 웬일인가 싶어, 소시지 여섯 조각을 더 먹였다. 여섯 조각을 더 먹였다. 단번에 많이 먹이면 탈이 날 것 같아 두어 시간 뒤에 네 조각을 더 먹였다. 다섯 조각 째는 외면하고 안 먹는다는 몸짓을 했다. 그 소시지가 뭉코가 세상에서 먹은 마지막 식사가 됐다. 내가 마지막 음식을 챙겨 준 셈이다.

다음날 아침 그러니까 토요일, 휴일이라 늦잠을 자고 깨 보니 뭉코가 화장실 바닥에 엎어져 못 일어나고 있었다. 대 소변을 잘 가리는 녀석이라 화장실에서 볼일을 보다 기력이 다해 못 일어나고 그대로 엎어져 버린 것이다. 똥 묻은 엉덩이 물로 대강 씻기고 말려 거실 방석에 뉘어 놓고 보니 이전과는 확연히 다르게 몸 상태가 나빠 보였다. 두 시간 정도 지나서는 심장 고동이 여리게 손바닥으로 느껴져 생명의 끝자락이란 걸 직감할 수 있었다. 입을 조금 벌려 물을 흘려 넣어 줘 봤다. 어제만 해도 물을 흘려주면 조금씩 삼키곤 했는데, 바로 입가로 주르륵 흐르고 말아 물 넘길 기력도 없었다. 한 20분쯤 지났을까, 이제는 손으로는 심장 고동을 느낄 수 없어 귀를 심장에 대고 있어도 박동 소리가 들릴 듯

말 듯했다. 몇 분 후에는 아무 소리나 느낌이 없었다.

　그렇게 뭉코가 갔다. 오후 두 시가 조금 넘은 시간이다. 집사람은 아니라고 하며 뭉코를 안고 쓰다듬고 있었다. 이제는 늙어 털의 윤기가 예전 같지 않지만 녀석의 털은 아직도 유난히 보드러웠다. 뭉코 털에 눈물이 떨어지는 게 보였다.

　참 이상한 것은, 방석 위에 뉘어 놓은 녀석의 눈동자가 얼마나 초롱초롱한지 꼭 살아있는 듯했다. 백내장 초기증상이 있어서 약간 혼탁한 눈빛이었는데 까만 눈동자에 희뿌연 게 전혀 안 보였다. 백내장 증상이 전혀 없었다. '백열등이 꺼지기 전에 잠깐 더 밝아지는 현상과 같은 것인가?'하는 생각이 들었다. 눈빛이 뭔가를 찾는 것 같기도 하고 안쓰러워 보여 눈꺼풀을 내려 눈을 감겨주려 했는데 몇 번을 다시 해도 감기질 않아 그대로 평소에 앉아 있던 방석에 뉘어 놓았다.

　바로 묻어주려 일어서니, 둘째 준식이가 마지막 가는 뭉코를 봐야한다며 집사람이 말려 그대로 두었다. 다시 봐도 분명 살아 있는 듯 했다. 저녁 8시경 전화로 뭉코 소식을 들은 작은아들 준식이가 평소 녀석이 잘 먹던 빵과 간식 몇 봉지, 작은 사료봉지,

국화 두 송이를 사들고 들어 와 닭똥 같은 눈물을 두어 시간 동안 떨궜다고 한다. 유독 뭉코가 애들을 잘 따랐으니 상실감이 컸을 것이다. 애들이 집에 오면 뭉코는 표정과 몸짓이 달라지곤 했다. 저를 좋아하는 제 편이 생겼다고 짓는 소리나 움직임이 커지곤 하던 녀석이다. 이층으로 좇아 올라가서는 애들 옆에 붙어있어 저녁 내내 볼 수가 없었던 녀석이다. 강아지 사달라고 나를 졸라 처음 기른 강아지고, 제일 오랜 기간 같이 지낸 녀석이니 상실감이 클 수밖에…

이 날 나는 오후 3시쯤 집을 나와 밤 11시경 귀가해 보니 준식이가 뭉코를 안고 2층으로 올라가 낮에 뉘어 논 거실에 없었다. "준식아, 뭉코 묻어 주자" 하니 내일 묻어주면 안 되냐고 되물었다. 벌써 숨 진지 10여 시간이 지나 입가에는 부패액이 흐르고 있어 묻어 주어야 만 했다. 기실은 나도 내일 묻어주나 오늘 묻어주나 별반 다를 게 없지만 녀석에 대한 정을 빨리 떼고 싶어서였다.

집이 보이는 뒷산 어디쯤 묻어주려 했는데 생각을 바꿨다. 앞마당 조경석 앞에 묻어주기로 했다. 앞마당 쪽은 양지가 바르고 시야가 좋아 답답하지 않다. 조경석 사이에는 꽃잔디가 피고 주변에 작은 꽃나무들이 있어, 뒷산보다는 적막함이 덜할 것 같아 마당 한쪽을 뭉코에게 주기로 했다. 같이 지내던 까미, 솜이, 둥이가 1주일에 한 두 번은 마당에 나와 놀고, 천둥벌거숭이 별이는 매일 만날 수 있으니 뭉코가 덜 적적할 거 같아 잘한 결정인 거같다.

뭉코는 깨끗한 수건에 싸여있었고 수건 안에는 준식이가 빵과 간식 몇 가지, 사료를 저승 가서 먹으라고 넣어 놓았다. 땅을 50 센티 정도 파고 바닥을 다져 수건에 싸인 뭉코를 뉘웠다. 측은한 나의 생각을 흙으로 덮는데 준식이가 국화 두 송이를 던져 넣는 게 보였다. 흙을 더 붓고 중간 다지기를 했다. 지면과 흙 높이를 맞추고 다시 다지고, 뭉코 몸 보다 큼지막한 검은 판석을 맨 위에 덮었다. 뒷마당에 디딤돌 하던 돌이다. 자정이 넘어 뭉코 무덤이 만들어졌다.

오늘은 출근하며 뭉코 묻혀있는 판석을 잠깐 보고 나왔다. "뭉코야, 많이 안 아프고 가서 고맙다. 내가 준 간식을 마지막으로 먹어 줘서 고맙고, 14년 이상을 같이 살아 줘서 고맙다"라고 돌 위에다 속으로 얘기해 줬다.

죽은 녀석을 붙들고 몇 시간을 울던 준식이를 '여려 빠진 녀석'

이라 흉을 보고 사내자식이 그래 가지고 이 험하고 살벌한 세상을 어찌 살아갈 거냐고 구박을 했지만 큰 녀석과 달리 둘째들의 공통점인 다감한 면이 있어 오히려 기특하다. 둘째가 여린 것도 어쩌면 나를 닮아서 일지도 모른다. 내가 이리 시리고 허전한데 지는 오죽 하겠나 싶다. 내 대신 뭉코 줄 마지막 먹을거리와 꽃을 사들고 온 게 고맙기도 하다.

신기한 일이 있었다. 내가 뭉코 눈을 감겨 주려 몇 번을 했었고 애들 엄마가 또 몇 번을 하다 감기질 않아 포기했다. 그런데 준식이가 뭉코 눈을 감겨 줬다고 한다. 뭉코가 그렇게 눈을 맑게 뜨고 있었던 게 준식이를 마지막으로 보고 가려는 뭉코의 마음 일지도 모른다는 생각이 들었다. 준식이가 제 형과 열쇠고리를 만들어 갖고 다닌다고 뭉코 털을 일부 잘라 났다고 한다. 그래, 여려도 한평생이고 모질어도 딱 한 세상이다. 차라리 남에게 해코지 안 하고, 여려서 더러는 손해도 보며 사는 인생이면 어떠냐? 심성 바르고 고운 것은 부모 교육으로도 되는 게 아닌데 그래도 녀석의 마음 씀씀이가 나 보다 낫다.

'13'이 아니라 '14'가 내게는 안 좋은 숫자인가 보다. 14년 타고 다니던 자동차를 폐차했다. 참 무던히도 오래 탄 차다. 자동차야 오래되면 폐차하는 게 당연하지만 내 중년의 나이를 그 차와 같이 보냈으니 먹은 나이만큼이나 아쉽다. 14년 산 뭉코가 또 그렇고… '호사好事'는 없는데 '다마多魔'만 떼거지로 오는 느낌이다. 둘째 처남도 올해 가고… 가진 것도 없는데 세월이란 놈이 하나씩, 둘씩 빼가는 모양이다.

다섯 마리 강아지 중에 한 놈 보낸 게 이리 저린 걸 보면 나도 나이를 먹긴 먹었나 보다. 녀석이 간지 며칠이 지났는데도 아직 허전한 걸 보면 앞으로도 얼마간은 더할 거 같다. 뭉코가 우리집에 오던 해 여름, 화진포를 갔었다. 백사장에서 애들과 모래찜질을 하며 한참을 놀며 뛰던 뭉코 모습이 눈에 선하다.

강아지 주인이 저승가면 먼저 간 강아지들이 제일 앞장서서 마중 나온다고 하더라. 뭉코야 그럴 거지? "똥 싸면 냄새 지독하던 뭉코야, TV 소리가 안 들릴 정도로 정신없게 늑대처럼 목 빼고 짖던 뭉코야, 우리 이담에 다시 만나, 신나게 뛰며 구르며 또 놀자"

2016년 4월

둥이

　이상 하다. 둥이 생각이 자주 난다. 그놈이 떠난 지 다섯 달이나 지났는데 자주 생각난다. 작년에 죽은 뭉코는 오히려 한결 덜 한데 말이다. 특별히 애교가 많지도 않던 녀석인데 아직 눈에 아른 거린다. 작년 뭉코를 보낸 뒤로 강아지에 관한 글은 안 쓰려했다. 괜한 궁상을 떠는 것 같고 시간이 좀 지나면 놈들에 대한 안쓰러움이 자연히 없어질 줄 알았다. 그런데 그렇지가 않다. 정이란 게 참 끈질긴 것인가 보다. 글로라도 주절주절 뱉어내야 할 것 같아 또 쓴다.

　둥이를 재작년 7월 초순 여름에 만났다. 여행 갔다 오는 날 집에 도착해 짐도 풀기 전, 집사람이 보여줄 게 있다며 나를 뒷마당으로 데려갔다. 가보니 조그마한 상자에 등은 목덜미부터 꼬리까지 새까맣고 얼굴, 다리, 배는 주황색이 섞인 황금색의 털이 윤기로 반짝이는 아주 쪼끄만 녀석이 있었다. 1kg 될까 말까 한 첫눈에 귀엽고 반가운 느낌이 드는 요크셔테리어였다. 쓰다듬어주자 나를 보는 눈빛이 "나는 오늘부터 여기서 살 거예요" 하는 것 같았다. 안쓰럽고 밖에서 재울 수 없어 보여, 씻기고 안에 들여놓았다. 주인이 나타날 때 까지만 기르기로 했다.

밝은 불빛에 자세히 보니 오른쪽 뒷다리를 절룩였다. 소형견에 자주 일어나는 슬개골 탈구를 전 주인이 치료를 하지 않아 만성화된 것이다. 눈도 약간 혼탁해 열 살은 넘은 것이 확실했다. 불편하겠지만 그래도 활동하는 데는 문제없어 보였다.

내가 출장서 돌아오기 하루 전, 갑자기 뒷마당에서 돌아다니는 둥이를 집사람이 발견했다. 강아지 잃어버리고 애타게 찾을 주인 생각에, 찾기 쉬우라고, 스스로 제집 찾아가라고 길가에 데려다 놓아도 어느새 뒷마당에 다시 와 있기를 몇 번이었다 한다. 희한한 녀석이었다. 원 주인을 찾아 주려 집집마다 물어보기도 하고 포스터도 대여섯 장 붙여 보고 동네 이장에게 알려보기 까지 하며 애를 썼지만 소용없었다. 그렇다고 기한 지나면 안락사 시킨다는 유기견 보호소에 갖다 줄 수는 없었다. 녀석은 우리 식구가 될 운명이었다.

이미 네 마리 강아지가 있는데 한 마리 더한다고 문제 될 거 없었다. 녀석은 거실에 내려놓자마자 원래의 제 집이었다는 듯이 잘 돌아다니고 가르쳐 주지도 않은 화장실로 가서 변을 가렸다. 틀림없는 가정견家庭犬이었다. 우리 집 주위에는 민가가 없는데 뒷마당에서 녀석을 발견한 것부터가 이상했다. 누군가 일부러 놓고 간 것이란 생각이 들기 시작했다. 털 손질도 잘 돼 있고 한 걸로 봐서 전 주인은 둥이를 유기한 것이 분명했다. 사연이야 있었겠지만 몰인정한 사람들이라는 생각이 들었다.

아무튼 둥이가 보여준 행동은 첫날부터 신통하고 기특했다. 둥이는 첫날부터 까미가 자던 집을 제 집인 양 들어가자던 능청스러운 놈이었다. 낯가림도 없이 이미 있던 강아지들과도 잘 놀았다. 그렇게 우리 식구가 하나 늘었다. 졸지에 업둥이가 된 녀석의 이름은 '둥이'로 했다. 이때까지만 해도 이 녀석이 그리 빨리 갈 줄은, 이렇게 오래 내 속에 남아있을 줄은 몰랐다. 그저 대수롭지 않게 "신통한 녀석 하나 더 늘게 생겼네" 했었다.

우리 집 올 때부터 녀석은 신장이 나빴다. 동물 병원에선 만성 신부전증으로 투석을 하면 생명 연장이 어느 정도 가능하다고 했다. 입원, 집중치료 등에 비용이 만만치 않게 든다 해서 약물치료만 하다 보냈다. 그래서 녀석에 더 미안하고 가엾다. 갑자기 밥을 안 먹기 시작해, 작년에 떠난 뭉코 때의 경험이 있어, 보낼 때가 됐음을 짐작했었다. 20여 일 앓았다. 좀 더 일찍 보내줘야 하는데 미련한 내 욕심에 살려보려 영양식을 억지로 먹였다. 넘기질 못

하니 물에 탄 고단백 음식을 스포이드로 목 안 깊이 넣어 강제로 먹였다. 그래서 그나마 며칠 더 살았겠지만 공연히 고통을 연장시킨 것 같아 속이 아프다.

혀에 까만 점이 보여 죽기 열흘 전쯤 병원을 한 번 더 찾았다. 의사는 괴사라 했다. 신부전증 말기에 나타나는 혀가 녹아 없어지는 증상이라 했다. 손바닥만 한 링거를 며칠 꽂아 주고 치료제를 같이 먹었다. 효과는 별반 없었다. 이삼일 지나자 썩은 혀 일부가 입가로 나와 늘어져 있었다. 나중에는 점점 더 너덜거리는 혀를 일부 잘라줄 수밖에 없었다. 이미 신경이 썩은 혀라 둥이는 통증도 못 느꼈다. 냄새도 심했다. "혀가 없으면 어떻냐? 병만 나으면 내가 매일 스포이드로 먹이면 되지"했다. "그래, 물도 내가 수시로 먹여줄 테니 빨리 낫기만 해라" 내 생각이 그랬다.

언제가 마지막이 될 줄 몰라, 명절 쇠러 갔던 본가도 데려갔다. 불안한 마음에 잠도 녀석을 머리맡에 놓고 잤다. 명절이고 뭐고 는 둘째고 둥이만 수시로 살폈다. 간다는 녀석을 좀 더 붙잡고 싶었다. 어떨 때는 상태가 좀 나아지는 듯해 보이기도 했지만, 본가다녀온 설날 다음날 저녁, 가엾은 둥이는 결국 갔다. 정든 지 1년 7개월 가량, 매정한 녀석…

수건에 싼 둥이를 안고 앞마당으로 나갔다. 초저녁부터 싸래기로 내리던 눈발이 갑자기 굵고 세차졌다. 천사가 둥이를 데려가려 마중 나온 느낌이었다. 앞마당 뭉코가 묻힌 옆에 땅을 골랐다. 겨울철 이라 곡괭이로 땅을 파는데도 잘 안 파졌다. 언 땅을 깊이도 못 파고 둥이를 뉘웠다. 눈이 섞인 흙으로 덮고 잘 먹던 육포와 간식을 한줌씩 넣어줬다. 제 것이던 인형 장난감도 같이 넣어줬다. 바람 불고 날 추운 겨울밤 우리 이쁜 둥이는 내리는 눈 타고 그렇게 하늘로 갔다. "짜식, 겨울이나 나고 가지…" 했다.

　내 오른쪽 겨드랑이에 턱 받치고 나랑 같이 낮잠 자던 놈. 기분이 좋으면 전 주인이 잘라줘서 짧뚱해진 꼬리를 엉덩이와 함께 바람개비처럼 빠르게 흔들던 녀석. 귀가한 나를 반갑다고 외마디 짖음으로 반기는 우리 식구였고, 똥 싸고 왔으니 보상으로 간식 빨리 달라고 '왈'하며 짖던 떼장이였다. 또 흥에 겨우면 말처럼 앞발 두발을 들었다 났다 하며 허세도 가끔 부렸다. 불편한 다리로 거실이며 방안을 뒤뚱뒤뚱 잘도 뛰던 놈. 쓰다듬어주면 좋아했다. 만져주다 멈추면 내 손등을 제 코로 비비며 계속하라고 끈질기게 조르던 녀석. 그래도 내가 반응을 안 보이면, 특유의 단발 짖음 소리로 신경질을 낼 줄도 아는 엉뚱한 놈이었다.

말귀도 참 잘 알아들었다. 밤이 늦어 "이제 가서 자라" 하면. 불편한 다리로 쭐레쭐레 제 집으로 들어가서 "벌써 자라고요?"하듯이 얼굴을 내 쪽으로 하곤 말똥말똥한 눈으로 쳐다보던 당돌한 녀석. 성가신 일 만든 적, 말썽 피운 적 단 한 번도 없는 얌전한 샌님이었다. 얇은 담요를 덮어주면 몇 시간이고 꿈쩍도 않고 잠도 잘 자는 무던한 순둥이였다. 간식을 발 앞에 놓고도 '기다려' 하면 간식과 나를 번갈아 보며 제 입술에 혀로 침을 좌우로 묻히면서도 식탐을 끝까지 참던 착한 깜둥이 요키. 털 깎는 긴 시간도 목욕도 털 말리는 드라이어도 찍소리 않고 잘 견뎌내던 녀석. 음식도 가리지 않았고, 대소변도 잘 가리고, 식구들을 유난히 따르던 아주 깜찍한 우리 업둥이, 둥이였다.

두 해 겨울도 같이 못 보낸 짧은 시간이었다. 다른 강아지들은 새끼 때부터 길렀다. 여태껏 세 마리는 새끼 때부터 5년에서 15년까지 같이 살고 있다. 둥이만 성견成犬으로 식구가 돼 잠깐 정 붙인 녀석인데도 오랫동안 정든 다른 놈들과 전혀 다르지 않다. 정은 구별이 없나 보다. 녀석은 그나마 유기견이 될 뻔한 생의 마지막을 우리 집에서 잘 지내다 갔다고 믿고 싶다.

한 식구가 된 후 한 달여 지나 동물병원에서 썩은 이빨 치료를 해 줬었다. 치료하는 김에 애견 등록까지 마쳤었다. 온전히 우리 식구가 됐지만 신장 치료를 못해 준 게 자꾸 맘에 걸린다. 3~4백만 원은 족히 든다 했다. 그 돈을 들여 치료를 했으면 좀 더 살 수 있었을까? 그랬으면 오늘도 퇴근해 집에 가면 왈왈 대며 반기는 둥이를 볼 수 있을지 모를 텐데…, 어쩌면 그 비용 몇 배의 즐거움을 아직까지 주고 있을 텐데… 하는 부질없는 생각이 쓸쓸하게 남는다.

 2년 전 둥이를 만날 때와 같은 찌는 여름이 다시 왔다. 가엾은 둥이 생각에 요크셔테리어 사진이 많은 인터넷 애견 사이트를 나는 가끔 들여다본다. 둥이와 비슷하게 생긴 요키를 찾게 된다. 사진으로만 봐도 강아지들은 선하고 예쁘다. 녀석들은 받는 거 없이 끝 모를 즐거움을 준다. 세상에 나쁜 강아지는 없다고 한다. 맞는 말이다. 강아지들은 다 천사랑 친구인 것 같다. 우리 둥이는 오늘도 천사들과 왈왈 대며 놀고 있을 것이다. 아마.

2019년 6월

별아

2019년 8월 21일 수요일 아침 8시쯤
초가을처럼 높은 하늘이었는데
하늘도 나도 우리 집 푼수 하나를
지켜주지 못했어
팔 년 반 동안 단 한 번도
그 아침이 마지막일 줄은 몰랐어

뚱땡이 별이는 거짓말처럼 갔다
불길함은 가까이서 기회만 노렸어
쓰라림도 가슴 얕은 곳에 있었어

펑펑 우는 마누라에 버럭댔지만
실은 몰래 나도 컥컥 울었다
냄새난다고 한 번 안아주지도 못했어

아무거나 주워 먹던 천둥벌거숭이
매일 추첨하는 복권처럼 기대를

날마다 몸짓 웃음을 주던 놈
별처럼 초롱이진 않아도 유별났던 별아

길 가 쭈그리고
오줌 싸던 데부터 집 마당까지
장난기 가득한 기억이 가없게
네 얼룩점 그려진
시커먼 거적으로 덮여 있어

내가 아는 한 너는
지구 상 어마하게 선한 생명체였어
몸살기가 며칠째

한 이삼 년만이라도 더 볼 수 있게
별이 네가 살아온다면
야박하게 두 개라면 어렵겠지만
손가락 한 개쯤은 까짓것 내놓을 수 있지

누가 미친놈이라던 말던

언제든 난 일 초의 망설임도 없이

든 정은 그렇게 눌러 쌓여 내 내장 담석이 되어
돌멩이들 부딪혀 오늘도 소리를 내
내 목 밑으로 '솨'하는 폭포수가

남겨 논 진한 자욱이야
지나면 흐려지겠지만
흙바닥에 굴러
주둥이 먼지 뿌연 순한 얼굴
인두로 지진 상처마냥
천상 더 남아있을 텐데

매일 하나씩 따
입에 물려주던 오이는

너 없으니
넝쿨 채 축 늘어져
네 눈동자 색으로
노랗게 늙어만 가고

악다구니에
피멍 든 심장은 쭈그러지고
손톱 매서운
비정한 여름이 눈 흘기며
적막감 뚝뚝 흘리며
주르륵 간다

본래 여름을 싫어했다
몰인정에 진저리 친 이런 계절이라면
여름, 차라리 다신 없었으면

올해가 들어오는 삼재라고 누가 그러더만

얼마나 더 남았냐
단번에 다 와라

'Me and you and a dog named Boo'라는
70년대 Lobo의 노래를 지금도 좋아 한다

별아,
너는 언제나 나의 Boo였다는 걸 아니?

별이 무덤가 꽃

어제도 없었는데 오늘 보니
니 무덤가에 꽃모종이
이뻤었지, 하며 집사람이 심어 놨겠지

꽃이 필 텐데
걸리적거리는 거 나만큼 싫어하던 별이
좋아할지는 잘 모르겠지만

혼이 있다고 믿지 않았지만
이젠 있으면 해
이다음에라도 너를 볼 수 있으니

아쉬워 떠돌다 이승 떠난다는 날
49일 되던 날
무덤 머리맡에
잘 먹던 간식 몇 가지를 묻고

별아, 가지 말고 이 마당서 뛰어놀아

이놈아 갈 땐 다 들고 가지 이 많은 걸 남겨놨니

까미를 찾았다

마당에서 놀라고 내 논 까미가 없어
땡볕에 아래위로 뛰다
산 구석을 뒤졌지만 허사

이장 집, 동물병원, 유기견 보호소에 알리고
가게 앞 쉬는 노인들에 묻고
난 잠옷 그대로

16년 산 파파 할매 강아지
살 날이 얼마 안 남았을 텐데
뭔 조화냐
시간 반은 뛰었을까
보호소에서 기별이 왔다
위의 공장에서 데리고 있다고

치매 끼에 귀도 눈도 어두운 녀석은
그늘 풀밭이 제집인 냥 천연덕 앉아

먹는 거 만드는 공장이었으니
그나마 넌 굶진 않을 팔자야

난 원래 중간에 관두는 건 잘 못해
끝까지 가 보는 거다, 이놈아

내려오는 길가에
절로 핀 개망초가 쫙 깔렸어

미안해서 철렁, 진땀 뺀
아주 웃기는 여름날 토요일

개나리 피면

겨우내 별일 없었나요, 하며
개운하게 개나리 폈네
오랜만에 눈이 호강

경운기 소리 텅텅텅텅
거름을 실었네, 견딜 만 해
씰룩해도 코 호강

왕벚꽃이 초봄부터
호들갑을 떨어도
개나리 망울 열면 꽃샘추위도 없어
좀 지나 두릅 순 나오면
입도 호강
추워 들어가야겠다고
문 벅벅 긁던 우리 별이
마당에 엎어져 졸아
바람은 이미 스카프 자락

개나리 내려보는 개울가
쓰레빠 채 발 한번 담그면
시린 물, 등짝까지 소름이
온몸이 다, 머리털까지 호강

폐차

대문도 없는 집 앞에 버티고 서
14년 나를 날라준 늙은 조랑말
전화 한 통에 폐차장 직원이 달려와
득달같이 끌고 갔다

내 주머니에 있던 열쇠, 고삐를
목줄로 바짝 쥐고
뒷 유리 먼지 뿌연 엉덩이
쉰 엔진 소리를 그렁그렁
우줄우줄 대며 아주 사라져

마지막 세차라도 해 줄 걸…
그러는 게 아니었어
내 냄새 밴 내 회색 달구지

까미는 라일락 향기를 타고

라일락 꺾어 논 방안에
꽃 향 퍼진 이튿날
잠결에 두어 번 짖던 소리
마지막 인사도 못 받고

병든 뒤로는
나가 노는 것도 싫어하던 놈이
17년 방구석이 지겨웠는지

석탄일 노동절 낀
긴 연휴에
봄꽃 향기 타고 어디 어디 멀리
여행을 떠나버려

02

키치 kitschy

키치kitschy[1]에 대한 소고小考

케케묵은 거대 담론 중에서 키치만큼 자주 거론되는 것도 별로 없다. 오래전부터 키치에 대한 생각을 써 보려 했는데 그 규모와 범위, 경계 등의 규명이 간단치 않아 망설이기만 하다 이제야 정리를 해 본다. 예술을 사랑하는 이들의 창작에 대한 이해에 작은 도움이나마 되길 바래서이다.

키치는 참이 아닌 그럴듯해 보이는 사이비다.

'고충환'[2]에 의하면 키치는 자본주의의 필연적 산물이며 물화된 상업적 결과물로 형식은 가제트적, 포르노적인 동시에 모더니즘 이후의 예술 형식을 교묘히 차용하기도 하며 중심 상실의 표피적 경향이라 하였다.

1996년 조선일보 신춘문예 평론 부문 당선 글에서 그는 속칭 '이발소 그림'이라고 칭하는 이러한 키치적 현상의 경향은 산업의 발달과 함께 다양한 방법으로 변모, 발전하고 있어 그 경계의 구분과 평가에 주의할 필요가 있다 하였다.

---

1) 천박하고 저속한 모조품 또는 대량 생산된 싸구려.
그림 쪽에서는 주소'이발소그림'이라 칭하는 저급한 모조 그림을 말함
2) 1961년생, 미술평론가, 조선일보 신춘문예 미술평론부문 당선(1996)

키치에 대한 논의는 예술작품과 그렇지 않은 것과의 구별에서 출발한다. 뭐가 예술이고 어떤 것을 아니라고 하느냐.

한 마디로 이 논의다.

미의 본질에 대한 논의는 플라톤, 소크라테스 이전부터 있어 왔다. 근대의 관념론자, 사상가들의 분야이기도 했다. 헤겔, 칸트, 루소, 샤르트르 등 등, 그 외의 몇 번씩은 들어봄직한 서양인 이름을 거론하며 이 글의 신뢰도를 높일 생각을 하진 않겠다. 생판 처음 들어본 이천 년 전 살던 중국 사람이 한 말을 사자성어로 들먹이며 유식한 척 예술의 본질을 따질 필요도 없다. 사실 나는 그들의 학문을 잘 알지도 못하며 공부할 때 조금 이해하던 것마저도 다 까먹었다.

키치를 논할 때 우선, '중심 상실'에 주목해야 한다. 다시 말해 키치는 껍질에 들러붙어있다. 키치는 본질, 진실, 참 다운 것이 아닌 표피적 현상이 예술의 포장을 하고 있다. 시간상 찰나적이며 공간상 허무가 특징이다. 공허함, 깊이 없음, 무의미가 키치다. 고충환은 '당의정'이란 단어로 키치를 설명한다. 작가의식이 결여된, 표면은 달콤하지만 실체의 내용은 쓰디쓴, 내용의 결핍, 순간적 유희라 하였다.

그는 또 키치를 점액질이라 하였는데 만지는 순간 부드러움에 솔깃하지만 이내 불쾌하고 찝찝함에 손을 씻고픈 생각이 드는 것이라 하였다. 이처럼 키치는 인간의 감각기관의 자극에 집중한다. 감각은 예민할수록 지배력이 강함을 키치는 이용하기 때문에 그 세력이 좀처럼 수그러들지 않는다.

적당히 가리고 누워있는 여인의 누드를, 뻘겋고 푸른색을 적당히 칠해 에로틱해 보이게, 자기애적이게도 하면서 어찌 보면 자학적인, 이런 그림이 오늘도 인사동 어느 전시장 벽에 태연히 예술입네 하며 붙어있을 것이다. 키치는 나르시시즘, 니힐리즘, 섹슈얼리즘 등 가용한 온갖 방법을 동원한다. 상업적인 홍보물과 다르지 않다. 거의 반라半裸의 여자가 타이어를 깔고 앉거나 매달려 있는 타이어 광고 포스터와 같다. 감각적이고 순간적인 형식적 특징을 숨기려 키치는 좀 더 치밀한 감추기를 시도하는데 모더니즘과 그 이전의 다다이즘, 아방가르드적인 개념을 차용해 중심상실의 생얼을 화장하기도 한다. 때로는 팝 아트나 오브제를 이용하기도 하며 네오다다[1], 미니멀리즘, 복합적인 전자기술 등 작가의식의 결핍을 숨기기 위한 복합적인 수단을 이용하기도 한다.

---

1) neo-dada, 뉴욕을 중심으로 일어난 전위 예술 운동, 제일 차 세계 대전 후의 다다이즘을 계승한 운동으로 기존의 미적 가치를 부정하고 새로운 창조 활동을 지향하려는 움직임

때문에 키치를 구분해 내는 게 그리 쉬운 일은 아니다. 온갖 사조와 사상은 물론 최첨단의 하이테크까지 동원하는 키치는 1점 차이로도 얄짤없이 떨어지는 수능 등급 구분하기가 아니기 때문에 그렇다. 숨어있는 암덩어리 같은 키치를 찾아내는 MRI 비슷한 기계도 물론 없다. 하지만 백이면 백 전부는 아니라 해도 열의 아홉은 솎아낼 수 있다. 작업에 대하여 어느 정도만이라도 성찰과 고민을 해 봤다면, 헤 벌리고 비웃듯 숨어있는 키치의 목젖이 보인다. 굴러먹은 타짜가 아니더라도 선수끼리는 화투장 섞는 것만 봐도 알 수 있다. 그런데 일반 대중은 선수가 아니라서 대부분 속아 넘어 간다는 데에 데 문제가 크다.

한편, 키치에는 또 다른 문제가 있다. 역사성, 희소성의 문제이다. 콜로세움을 예로 들자. 콜로세움은 희귀하고도 빼어난 건축예술이다. 이에 반대할 평론가는 없을 것이다. 그런데 이 예술작품이 서기 70년경에 지금의 논의의 대상인 키치를 목적으로 만들어진 건축이다. 극단의 감각적 자극의 수단이었다. 사람끼리 찔러 죽이고 맹수가 인간을 잡아먹는 모습을 스펙터클하게, 생생하게 보여주기 위한 목적의 대중극장이었다. 황제가 일반시민의 시각적 만족, 여흥을 위해 만든 건물이 이미 비교불가 건축예술품이 된 것은 어찌 설명하겠느냐는 것이다. 올림픽 경기장의 활용을 보자. 계집애처럼 이쁘장하게 생긴 남자 가수들이 경기장에서 노래 부르며 춤출 때, 중고교 여학생이 기절까지 하며 열광하는 광경은 콜로세움의 연출 장면과 다르지 않다. 시각, 청각 등 복합적 조종을 수단으로 한 찰나적 자극은 키치의 전형 아닌가 말이다. 언뜻 둘이 비슷해 보인다.

비너스는 어느 귀족이나 황제의 집 한 귀퉁이를 장식하던 에로티시즘이었다. 밸밸 꼬인 장식선들이 온통인 아르누보 작품들과 바로크풍의 베르사유궁 또한, 요즘 말로는 키치다.

비슷한 예는 끝없이 들 수 있으나 의미 없으니 폐일언하고, 나름대로 결론을 낸다면 올림픽 경기장 공연 자체는 키치이고 콜로세움은 아니다. 미와 본질은 불변의 명제가 아니다. 다만, 여기서 간과할 수만은 없는 것은 역사적 창작물이 희소성과 더해져 본질적 내용 보다 증폭 내지는 과장되는 경향은 부인할 수 없다. 또 중심가치는 시대와 문화, 환경에 따라 변한다. 빌렌도르프스의 비너스는 지금의 관점에서는 꼬질꼬질한 뚱땡이 아줌마의 고졸古拙[1]스런 형상이지만 그 시절 다산의 상징이었고 최고 미의 전형이었기에 비너스이다. 당시는 최고 미인의 본질일 수 있었다. 참과 선은 가변적이라는 것을 감안할 때 콜로세움은 지금의 시각으로

1) 기교는 없으나 예스럽고 소박한 멋

관조할 필요는 없을 뿐 아니라 근래의 현상인 키치로 재단할 수조차 없기 때문이다.

반면, 올림픽 경기장 공연의 경우는 다르다. 싸이키델릭한 조명과 도구, 기계를 동원한 무대장치는 본질을 호도한다. 음악성의 깊이를 가늠할 겨를도 없이 몽환적이며 극적인 효과를 극대화한 가수집단의 등장은 입체음향 하나만으로도 연주의 본질을 호도하고도 남는다. 감각과 표피에 천착하는 키치이다.

대중 일반이 키치를 구분하지 못하는 것은 중심을 관찰하려는 노력의 결핍이 이유이다. 전경을 배경으로 사진 찍기 바쁘고, 다녀왔다는 인증을 위해 콜로세움이 그려져 있는 기념품 고르는 것보다, 수만의 초기 기독교인이 무자비한 죽임을 당한 것을 먼저 알아야 한다. 그들이 처참한 희생과 신앙을 생각해야만 본질을 골라낼 수 있다. 근처 어디에 장례도 없이 묻혔을 글레디에이터들과, 끌려온 수많은 노예들의 종신노동의 흔적을 찾으려 한다면 콜로세움의 역사적 가치와 더불어 휴머니즘, 종교의 중심성을 일부나마 관찰할 수 있다.

또, '고충환'이 '키치는 자본주의 상업화의 문제'라 하였는데 꼭 그렇지만은 않은 것 같다. 사회주의에도 키치는 있다. 사회주의, 공산국가에서는 통제하는 목적성이 키치를 대신한다. 키치만도 못한 정치 선전물 투성이이기 때문이다. 이들의 키치는 쌍방향이 아닌 일방향성이고 변동불가의 특징이 있기도 하다. 독재 국가도 마찬가지다.

키치는 문화적 현상이다. 역사적 관점을 들먹이지 않더라도, 문화에는 소고기 등급처럼 고급과 저급의 간격이 있어왔다. 싸구려의 천박한 문화도 항상 존재했었고 앞으로도 다양하고 치밀한 방법으로 있을 것이다. 소집단화하는 컬트적 특성이 있기까지도 한 현재의 키치를, 죽일 수도 살릴 수도 없는 것이라면 차라리 모른 척하면 될 일 아닌가?

하지만 제일 큰 문제는 키치의 만연이다. 참과 본질을 좇는 창작품을 보기가 오히려 힘들 정도로 거의가 키치다. 눈 뜨면 잠들 때까지 보이는 것의 대부분이 키치다. 무의식 속에도 꿈속에서도 키치는 있다. 키치가 아무리 산업화의 필연이라지만 장사꾼의 허접스런 물품이 의식 투철한 젊은 신인들이 만든 물품이 있을 자리를 대부분 차지하는 것이 큰일이다. 사꾸라가 판을 다 차지해 토종의 들꽃이 필 땅이 없어지는 게 문제인 것과 같다. 키치는 줄

일 수 있다면 줄여야 한다.

일반인들의 키치에 대한 눈 뜨기가 요구된다. 고운 채로 고르듯 싸그리 솎아낼 순 없다 하더라도 열에 아홉 이상은 가능하다. 특유의 표피적 천착성에만 집중하여도 키치를 알 수 있다. 작가의 식과 평론가적 시각이 어느 정도 요구되기는 하지만, 몇 권의 책 읽기와 반복되는 작품 감상만으로도 수월히 구분할 수 있다.

네페르티티 흉상을 페라가몬에서 봤다.[1] 루브르에서 본 비너스만 못하지 않았다. 비례와 동감이 묘사된 비너스보다 나는 애꾸눈 여왕의 작은 흉상이 더 감동이었다. 사실, 비너스에서는 큰 느낌이 없었지만 고대 여왕의 자그만 흉상에서 비너스에서는 못 느낀 조형미, 절제와 균형미, 정적인 아름다움을 느꼈다. 여왕의 미모에는 권위와 3500년 전의 왕실의 암투가 그대로 있었다. 중심과 본질에 대한 개인적인 감각의 차별은 있을 수밖에 없다손 치더라도 이처럼 중심과 진정함에는 확고함이 있다.

비유가 적절할지 모르지만

---

1) 고대 이집트 제18왕조 아크나톤의 왕비 '네페르티티'의 흉상이 독일 베를린 박물관섬에 있는 5개의 박물관 중 '신 박물관'의 독립전시실에 전시되어 있는 것으로 알고 있다. 하지만 저자의 단호하고 확고한 이 글의 미려한 흐름을 방해하지 않기 위해 저자에게 확인도 의논도 하지 않고 그대로 두었다. 전시된 곳이 '신 박물관'이냐 페라가몬(페르가몬)이냐는 이 글의 본질상 중요하지 않기 때문이다.
1912년 이집트 아마르나에서 독일 고고학자 보르하르트에 의해 발굴된 네페르티티흉상은 독일로 밀반출되어 현재 '신 박물관(노이에스 박물관)'에 전시되어 있다. - 편집자-

『아내의 생일에 전화로 주문해 꽃가게에서 배달시킨 바쁜 부자 남편의 꽃다발』과『선물도 준비하지 못하고 미안함을 말할 자신도 없어 쓴 손편지를 잠든 부인을 깨우지 못하고 전달하지 못하는 가난한 남편의 마음』

이게 '표피와 중심의 차이'인 것이다.

키치에 대한 현시대의 계몽주의자적 관찰과 관심이 요구된다. 핵전쟁으로 인류가 멸망해도 바퀴벌레는 살아남을 수 있듯이 키치는 극한의 상황에서도 기어이 생존하겠지만 말이다.

2012년 5월

키치kitschy

내 원래 화가로는
싹수가 글러먹은 걸 알지만
그림 몇 장 그려놓고
보고 있자니
빈 캔버스나 마찬가지
맹탕
안 그렸으면 욕은 안 먹지

남의 그림 까대기만 했는데
전 만도 못한 영락없는 쓰레기

그래 한숨 나는 짓거리
어쩌냐
재주라곤 여까진 걸

화가 백석

아래 윗녘 서로 떨어져
눈이 푹푹 내린다고
소주나 축내며

청승이나 떨 건 아니었어

애당초
흰 당나귀는 오지도 않았을 테고
천억보다 시 한 줄이 좋다니
나타샤를 두들겨 패서라도
출출이 우는 산골 마가리로
끌고라도 갔어야 했어
나라면

다만 화가는
그리움이란 색 딱 하나로
후인의 혼을 쏙 빼놓는

모작은 엄두도 못 낼

걸작 한 장을

틱 하니 던져 주고

눈 오는 풍경

설경을 그려보려다
내 실력 빤한지라
시작도 못하고 때려 치곤 했다

오늘 초여름 날씨
한겨울 생각 나

캔버스 널어놓고 대충대충
눈 오려면 또 대여섯 달은 걸려
눈이란 놈이 와
곁눈질로 흉보기전에 후딱
대강 한 장 대충대충

자연을 그린다고
붓 들고 껍적대는 것은
불가능에 대드는 시건방짐
다빈치도 백남준도 사실

본질은 아니라고 보면

명작이라고 해봐야

들가 시든 풀잎 한 조각만 못할지도

그저 다들 재주껏

흉내나 내다 마는 거고

짝퉁들

정치는 원체 '사詐짜'가 많으니, 패스

경제는 돈이니 별 수 없고

문화, 이게 진짜 웃겨

양어장 물고기 차로 쏟아 놓고

무슨 축제라

진흙 퍼다 미끄럼틀에 발라놓고 세계적 이래

해서, 시골서 형편이 나아진다면

궁시렁댈 일만은 아니지만

나랏돈 타내

딴 나라 따라하기가

철마다 읍 면까지

왜, 난지도에서 쓰레기 축제는 어때?

짝퉁은 깊이 없어 금방 뽀롱 나지만

키치kitschy는 분간도 어려워

감각 말단을

마취약 묻은 면도날로 후벼

피가 질질 흘러도 다들 히죽

내가 노는 물이 후져선지

고개가 숙여지는 사람 한번 못 만나

다 잘 살자고 하는 일이지만

진실은 없지 싶다

산과 들, 자연은 변함없는 참일까

아닐세

이장 집 옆 산, 달 포 전부터

뻘건 막대기 들고 말뚝 박더니만

육따불[1] 두 대가 휴일도 없이

벚과 단풍 철 따라 좋던 산자락을

헤벼

휑하니 뻘개, 산을 치웠나

---

1) 6W타이어 굴삭기

가짜 산 이었어

진짜는 진짜

있기나 한 건지

로렉스시계

20년쯤 전 중국 길거리에서 산
알파치노가 영화 '히트'에서 찼던 것과 같은 모델
오천 원짜리 로렉스 짝퉁

눈썰미 없는 이들 골려주려 샀지만
며칠 잘 가다 섰다

못 고치니
벽에 고리 박아 걸어놓고
안 버리는 것은

그즈음 내 실수
잘난 척 까불댔지
다 확실한 줄 알았지

허망했다는 걸
이 악물고 잊지 않으려

다시 가본 러시아

학교로 직장을 옮긴 지 3년만인가? 러시아 출장을 교비로 갔었다. 지금이야 새벽 비행기로 당일치기도 가능한 일본 여행이지만, 여행 자유화 이전 회사를 다닐 때 가까운 일본 한번 가는 것도 어마한 혜택이었다. 선생이 되니 일비·출장비 충분하게, 내 돈 한 닢 안들이고 출장이란 핑계로 공짜 여행을 하였으니 '선생이 그래도 좋긴 좋은 직업이구나' 했었다.

그 후 21년 만에 다시 러시아를 다녀왔다. 그전과 다르게 만나는 러시아인들이 대부분 영어도 곧잘 해 다른 유럽과 다르지 않아 불편함은 없었다. 내 짧은 영어도 잘 통했다. 다만 서구화, 자본화, 개인주의가 심해진 것 같아 이전 러시아 특유의 차분한 고요함은 훨씬 덜했다. 월드컵 기간 중이라 전 세계 관광인파에 축구 팬이 더해져 가는 곳마다 붐비고 줄을 서야만 했다.

손잡이가 금도금 돼 있던 이전 출장 때 호텔의 세면대, 그때의 화장실 면적만도 못한 작고 지저분한 방에서 묵었지만 불만 없다. 이전과 달리 승용차로 개인 가이드해 주던 편리함 없이 7일,

5일짜리 승차권 두 장으로 이리저리 지하철과 버스를 갈아타며 모스크바, 뻬쩨르브르그[1] 곳곳을 쑤시고 다녔지만 난 행복했다. 잘 견뎌준 수술한 내 다리가 고마웠다. 이전의 여행은 모스크바 대학 교수들이 시내 가이드를 해줄 정도로 뺑 좀 붙여 '황제급' 여행이었지만 이번은 목숨 걸고 지중해 건너는 '보트피플급'이었다. 공기는 예전 그대로인 게 반가웠다. 알렉산드레이 정원 벤치에 맥없이 앉아 병에 타가지고 나간 믹스커피 마시던 선선한 백야의 밤이 또 그리울 거 같다.

모스크바에서 뻬쩨르부르그, 전엔 비행기로 갔었다. 이번엔 기차로. 둘 다 네 시간씩 걸렸으니 큰 차이는 아니다. 이삭 성당에 다시 가보고 싶었다. 지난 방문 땐 휴관일이었지만 약간의 비용이 드는 변칙을 썼더니 수십 톤짜리 부조 청동문이 열렸었다. 1991년도에 소련이 붕괴되고 얼마 지나지 않았으니 그때만 해도 그런 게 대강 통하던 시절이었다. 일행 셋이서 현지 성당직원 십여 명의 친절한 안내를 받았었다.

이번엔 줄 서서 티켓을 사 혼자 천천히 훑어 봤다. 그래도 역시 최고였다. 에르미타쥬는 이전만 한 감동을 주지 못했다. 전시물이 많이 적어진 듯했다. 페트로 파블롭스키 요새의 토끼-그 토끼가 궁금했다. 지나는 몇 사람에게 물어봐도 모른댄다. 다녀와

---

1) 상트 페테르부르크

찾아보니 토끼가 많이 살던 섬이어서란다. 별 거 아닌 게 러시아에 있던 내내 궁금했었다. 상점 옆, 날 위해 'All of me'를 불어 주던 이름도 못 물어 본 잘 생긴 색소폰 플레이어는 관광객들이 돌아가는 9월까지는 연주를 한다고 했다. 비교적 단순한 멜로디의 전통 재즈인 이곡은 자주 불지 않던 곡이었는데, 이후 내 주 레퍼토리가 됐다. 네바 강변의 반가운 바람은 예전 그대로였다.

쌈박질, 경비經費 분실, 숙소 문제 등 멘붕 상황을 서너 번 겪었지만 그래도 전반적으론 괜찮은 여행이었다. 공원 옆 친절한 아줌마가 타 주는 노점카페 커피는 맛이 그럭저럭 괜찮았지. 다녀오기 전 보다 몸무게가 3kg 이상 빠진 걸 보면 꽤 힘든 일정이었던 거 같지만 여한 없는, 여운이 크게 남는 13일이었다.

러시아에 있던 내내 이상하게 이번 여행은 무슨 의미가 있을 거 같다는 짐작할 수 없는 막연한 생각이 여러 번 들었었다. 그런데 돌아 와서도 그 이유를 잘 모르겠다.

비슷비슷한 너스레가 대부분이어서 난 여행기는 쓰지 않는다. 사진도 그림 소재가 될 거 아니면 좀처럼 안 찍는다. 아주 많은 곳은 아니라도 20여 년 동안 꽤 여러 곳을 다녔는데 이번 여행은 몇 자 라도 적어 놓고 싶었다. 왜일까? 아마, 진저리나는 회사생활 그만 두고 선생이 돼 3년여 만에 처음 갔던 여행이 인상 깊게 박힌 러시아였고, 이제 4년여 밖에 남지 않은 정년퇴직 전에 두 번째 러시아 여행을 해서인가? 그래, 러시아 두 번 다녀오니 내 인생의 또 한 막이 내려지나 보다. 참 빠르고 짧은 세상살이구나. 네바 강변 바람처럼 세월이 무심히 지나가는구나. 그래도 다음 바람이 또 불어 올 거야.

'꽃 보다 할배'가 또 방영을 한단다. 내가 다녀왔던 베를린과 프라하란다. 2차 대전 때 부서져 줴다 새로 지은 베를린 보단 프라하가 낫지. 멋진 도시였지. 이순재는 여든이 훨씬 넘었다고 하지? 그렇다면 나라고 여든까지 못할 거 없잖아? 맞어, 열심히 준비해서 또 가보자. 그러길 희망해 본다.

2018년 7월

버킷리스트

무르팍 쑤시게 하루하고 한나절

꼬박 비행기 타고 가서라도

초원의 코끼리 떼를 보고는 싶지만

하트셉수트[1] 무덤이나 피라미드 속을

여기저기 쑤시고 다니고 싶지만

총 맞아 죽을지도 모르지만

크락데슈발리[2]에도 가보고 싶기는 해

지나 보니 열에 아홉은

생각대로는 잘 안 되더라

가게 되면 가는 거지

언제 부터 적어놓고 하고픈 거 했다고

그래서 내 버킷리스트는 노상 빈칸

다만 가끔은

된장찌개에 아삭한 총각김치

---

1) 이집트 18왕조 제5대 여왕
2) 그락 데 슈발리에, 시리아 해변에 있는 고성古城

먹고 싶을 적이 있기는 해

그거면 됐지 싶어

로마의 휴일

현지인 아니고는
돈 벌러 간 출장이 아니면
로마를 본 사람은 다 휴일이었겠지
실업자라도 또 노는 날이었겠지

그 동네는 골목골목을 걸어야
그레고리 펙처럼
오토바이 하나 있다면 모를까
발바닥은 열불이 나

밤기차 타고 가 본 테르미니역[1]
공주님도 딱 한 번 간 곳을
몇 번 더 갔지만
매 번 쥐나도록 걸었어
국보 1호가 골목마다 몇 개씩이니

밤엔 으슥 해 혼자 지나긴

---

1) 로마에 있는 기차역

강단도 좀 있어야

지린내 나는 골목쟁이 근처

나만 아는 신기한 맛의 스테이크 집

그 명함을 지금도 갖고 있다

또 가볼 거라고

로마는 언제나, 누구에게나 휴일

내게도 다 써버린 휴일이었어

혹시 모르니 오래된 그 웅덩이에

동전 하나 던지고 올 걸…

러시아 여행

가 보셨나요
이맘때 거긴 벌써 해 지면 쌀쌀하죠
보드카는 좀 추워야 제 맛이지요

밤비 젖은 이른 아침 창밖은
낙엽이 굴러도 정갈하고
흰 수염 점잖은 노인들이 걷고
말수 적어 뚝뚝해 보이는 사람들은
수도승 표정이지만
말을 건네면 더없이 친절하지요

향 좋고 부드러운 검은 캐비어
뻣뻣한 빵이라도 버터와 함께 올리면
세상에 없는 만찬이랍니다

굳이 찾지 않아도
여기저기 볼 게 많고

냄새가 근처 나라와는 달라요
백화점 앞에는 바비 인형들이 뽐내 걷고
살결 뽀얀 키 큰 자작나무 풍경

안 가보셨다면
바람 막을 외투 하나 챙겨
더 추워지기 전 이 가을에 다녀오세요
워낙 땅 넓은 나라라 붐빌 일도 없어요
대신, 좀 걸어야 해요
상쾌한 강변을 둘러만 봐도 좋아요

아주아주 전에 가 본 러시아
기분 좋게 서늘한 공기는
아직도 그대로 일 거예요

거리의 Jazz

꼬질한 캐주얼화 신은 바이올리니스트
화장기 없는 서른 안팎의 여자
연주는 소피 무터였어
자유로움이었어

머플러 두른 털 복숭이 기타리스트
남편인 듯, 애인인지 코드 담당
여유로운 연주
아마, 에릭 크랩튼을 좋아할 걸

드문드문 뵈던 스네어 드러머[1]는
없어도 그만인 걸 아는지
자전거 타고 늦게 와, 일찍 가곤

그래, 그 색소폰 플레이어
더울 텐데 두꺼운 점퍼에

---

1) 사이드 드럼

흥이 많았지, 열정이었어

이름도 잊어버린 오랜 상점 옆
건물들 사이 멋대로 부딪히는 공명음
콘서트 홀 만은 못해도 꽤 근사했어
싸구려 악기, 진폭 음향이어도
앙상블은 챔버 오케스트라

옆 노천카페에 아주 자리를 하면
거기가 내 로얄석
추임새를 넣으면 그네들이 알아채
가끔씩 힐끗, 날 위해 재즈를

기다려지던 오후
훤한 백야의 저녁마다
오륙일은 내가 주빈
진실로 박수를

관광객들 돌아가는 9월까지

일찍 찬바람 몰려오면

그도 저도 용돈 벌이 땡 친다고

뚜두 닷, 뚜두 닷

블루스 리듬 'All of me'

곡이 좋아질 줄이야

노인이 사자 꿈을 꾸듯

오늘 밤 꿈에서도 난

대합실 앞 한켠에 서서

폰을 목에 걸고 재즈를 하면

누가 앵콜을 해 주려나

순례길

정작 순례를 가야 할 날강도들은
산티아고가 어디 붙었는지도 모를 테고
그 길을 걷는 이는 오히려
더러 잔 실수나 한 선한 이들이겠지

도적도 사마리아인도 아닌 나는
부실한 내 무릎이 허락만 한다면
도장 찍고 증서 받으러가 아니라
한 달쯤 그냥 혼자 걸어보고 싶다

그런다고 내 지난 몇 번의 패착과
되지도 않던 욕심이
싹 잊혀지지는 않겠지만

YOLO라고?

YOLO, 요즘 기사나 웬만한 포털, SNS 등에 자주 보이는 단어다. 뭔 말 인가 해 찾아보니 영어 문장이다. You Only Live Once '인생 한 번이다'란다. 말 만드는 것 좋아하는 시덥지도 않은 작자들이 만든 말이겠지만 '참 가지가지 한다'는 생각이다. 내가 영어에 약하지만 문법도 틀린 말 같다. 요점인즉, 단 한번 사는 인생이니 골치 아프게 살지 말고, 미래니 저축이니 생각지 말고, 현재를 즐기며 편히 살자는 것이다. '니나노 닐리리 맘보'로 살자는 말과 다르지 않다. 라틴어 carpe diem 같은 말이다.

불어인지 스페인어인지 Que sera sera란 말도 있다. 인생사 스트레스 천지니 좀, 맘 편히 먹고 욕심을 줄이면 행복해질 수 있다는 뜻은 알겠다. 여유 있는 자가 덜 가진 자를 돕고, 돈 버는 데만 몰두하지 말고 더불어 사는 사회를 만들자는 데는 공감한다. 다만 이런 행위나 인식은 없는 자, 못 가진 대부분의 소시민들에겐 풍월 읊는 소리다.

소득과 분배가 불균형해 만성적 양극화가 미국 이상으로 극심

한 우리의 현실을 알고나 하는 소린지 궁금하다. 양극화의 일부만 해소 돼도 세상이 얼마나 살만해지는지 한 번이라도 생각해 보고 하는 말인지 모르겠다. 염병할 신자유주의 인지 뭔지. 시장 경제의 원리만 앞세운 영국의 대처, 미국의 레이건 이후 세계적인 추세가 돼버린 빈부격차는 그네들 일이라 친다 해도, 우리 사회 경제정의의 꼴이 덩달아 형편없이 추해진 걸 조금이라도 이해한다면 이게 가능하냔 말이다.

주위를 둘러봐도 형편이 나아지고 있는 사람을 찾기가 어렵다. 자살률 높던 일본을 "쪽바리××들이라 그렇지"하며 욕하던 우리가 지금은 그들보다 자살률이 훨씬 높다. OECD국 중에서도 최고라 한다. 세계 최저의 출산율, 청년백수, 고독사, 황혼이혼, 혼밥족 등등 생전 듣도 보도 못한 말들은 사회, 경제 상황과 관계가 깊다. 금수저니 흙수저니 사회 병리적 현상을 상징하는 단어들이 하루가 멀다 하고 생겨난다.

내가 사회학자나 경제전문가는 아니지만 이 모든 사회 부정적 현상은 부의 편중에서 시작된 것이라는 것쯤은 안다. 이런 싸구려 자본주의의 병폐가 나아질 기미가 보이질 않으니 자포자기하는 집단의식이 YOLO로 나타났는지도 모르겠다. 국가는 국민을 보호할 책무를 놓아 버렸고 "해도 해도 안 되니 대강, 없으면 없는 대로, 있으면 있는 대로 살자"라는 체념의 표현일지 모른다. YOLO로 살 수 있는 사람은 소득 순위 상위 1% 이내의 최상위 계층이거나 최하위 놀고먹는 노숙자 계층만 가능하리라 본다. 그도 저도 아닌 나머지 99%가 가진 거 조금 있어 YOLO 짓 하다 거덜 난 다음은 어떻게 할 거냔 거다. 대부분은 불가능하다. 나도 아니고 너도 아니라는 말이다.

인류가 굶주림을 벗어난 게 얼마나 되었나? 잘 산다는 북유럽도 불과 150여 년 전만 해도 일부 귀족 외에는 대부분 빈민이었다. 소작농이 대부분이었고 전염병과 화재로 단번에 몇백만 명씩 죽어나갔다. 산업화를 거치면서 그네들은 복지의 기반과 분배의 균형을 효율적으로 이루었지만 우리는 아니다. 끼니를 걱정하던 게 그리 오래전이 아니다. 요즘에 와서야 먹고사는 문제는 해결됐다지만 상대적 빈곤은 점점 깊어지고 있는 게 우리의 현재다.

무자비한 자본권력이 공기처럼 퍼져있다. 자본은 인간의 생명까지도 우습게 안다. 오죽하면 '야수 자본주의'란 말까지 나오겠냐. 사회학자들은 자본주의는 또 다른 대체 질서의 출현으로 결국 사라지게 될 거라 한다. 긴 인류 역사적 관점에서 보면 자본주의는 그 병폐가 심각하고 광범위해 보완되는 개념이 출현할 수밖에 없다고 한다. 금세기 이내에 완성까지는 힘들겠지만 필연적이라고도 한다. 사회적 갈등이 적은 일부 국가에선 과도기적으로 대체이념을 실험하기도 하지만 그 전까지 우리는 싫든 좋든 냄새나는 자본주의와 한 이불 덮고 잘 수밖에 없다. 그 전이라도 자본과 휴머니즘이 조화를 이룰 수만 있다면 굳이 새로운 게 뭐 필요하겠나. 권력과 인권이 평화로워져 언젠가는 우리 모두가 북유럽 사람들처럼 YOLO로 살 수 있으면 한다. 하지만 우리의 지금은 아니다.

사회 환경이 아무리 개 같아도 근면, 성실히 일하고 노력해야한다. 다른 방법이 없다. 입사 원서를 100번 이상 쓴 청년백수는 200번 이상 쓸 각오가 필요하다. 일자리가 없으면 막노동이라도 뛰며 기회를 찾아야 한다. 아무리 상황이 험악해도 체념, 포기, 자조는 아무 도움이 안 된다. 인간은 Homo Sapiens라 배웠다. 아니란다. 어느 학자는 Human Labor라 한다. Labor- 일을 해야 사람이라는 말이다. 일할 수 있음에도, 몸뚱아리가 아까워 빈둥대며 낮술 먹고 시비 거는 노숙자가 YOLO를 외치면 반대 않겠다. 그 또한 생각과 행동이 확고하니. 게을러터진 노숙자적 사상가가 아니면 열심히 일 하자. YOLO는 나중에나 하시든가 마시든가…

쓴 연도 미상未詳

허언虛言들

YOLO

Carpe Diem[1]

Amor Fati[2]

아프니까 청춘?

깬 사람들은 다 산으로 갔고

같은 모지리들끼리는

그저 조용히 사는 게 맞아

내 보긴

나불대지들 말라는 얘기다

---

1) 카르페 디엠, 현재 이 순간에 충실하라는 뜻의 라틴어
2) 아모르 파티, '운명을 사랑하라'는 뜻의 라틴어

허접한 여름

슬 취한 행려병자 우쭐대듯
하늘은 틀어져 비만 내쏟아
애먼 남의 집 축대나 허물고
끈적여 찜찜한 별난 여름도

날이 개면
마을버스 정거장 근처는
이내 또
내 좋아하는 코스모스가 필거야

장기將棋

이보게 젊은이, 패착이었네
자네는 다음도 악수

내가 물러나지
생각도 없던 거북한 승
하수의 전형이어서

시간만 많은 이 초로는
쓸데도 없는 수만 느니

삽질

여기서 삽질이라 함은
삽을 사용하는 일, 행동이란 뜻과 함께
애먼 짓, 결과가 무의미한 멍청한 행위라는
두 가지 의미가 있다

노가다 판에서 삽질 좀 하슈? 물으면
대답엔 신중할 필요가 있다
어떤 삽질을 묻는 것인지
모르기 때문에

나에게 묻는다면
따질 필요 없이,
Yes

왜냐면
나는 둘 다를 많이 했으니

03

나는 몇 점?

취미

요즘은 낚시를 안 하지만 나는 30대 초반부터 40대 초까지 낚시를 했었다. 40대부터는 검도를 시작해 지금도 하고 있고 50이 넘어서는 색소폰에 맛을 들였다. 그러니 10년 주기로 취미가 하나씩 더해진 셈이다. 이제 나도 나이 육십이 된다. 지금부터는 틈날 때마다 수필이나 시 등 글을 쓰려한다. 새로운 취미가 하나 더 생겨 시간 보내기는 좋다. 특별할 것도 없는 시시콜콜한 얘기지만 이제는 일상이 된 것들에 대한 내 나름의 생각을 기록해 놓으려 한다.

낚시

온 세상이 새까만 밤, 물 위에 떠있는 야광 케미라이트[1]가 수면 위로 갑자기 쑥 올라오는 모습은 모든 낚시꾼에게 감동을 넘어 전율이다. 그 전율이 밤을 홀랑 새우는 낚시터로 낚시꾼을 이끈다. 모든 취미활동은 대개 중독성이 있는데 내 경험으론 낚시가 그중 으뜸이다. 뽕 맞은 아편쟁이 마냥 물가에 나앉아있으면 만사형통, 무사태평하게 된다. 심적으로 느긋해지고 세상사 욕심,

---

1) 조그만 사이즈의 형광봉. 밤낚시에 사용되며 야간에 찌가 보이지 않을 때 찌톱 끝에 달아 입질로 인한 찌의 움직임을 알 수 있다.

근심을 잊게 하니 추천할 만한 훌륭한 취미다.

낚시는 낚싯대 하나면 얼마든지 즐길 수도 있지만 하다 보면 비용이 솔찮게 드는 취미이다. 낚시장비는 일반적으로 고가가 많다. 수십 년간 그대로인 낚시 바늘 빼고는 해마다, 달마다 신제품이 쏟아진다. 낚싯대는 물론이고 가방, 의자, 파라솔, 살림망, 장갑 등 효과 좋고 편리한 신상품이 넘쳐난다. 처음엔 외면하더라도 결국, 어느 낚시꾼이나 어지간히 장만하게 된다. 이동에 필요한 비용, 미끼, 식사, 입장료, 잠자리 등에도 돈이 든다. 비교적 여유가 있어야 할 수 있는 취미다. 그렇지만 주말을 모임의 술판에 허비하는 것보다는 백배, 천배 건강한 활동이다. 또 욕심을 부리지 않는다면 낚싯대 하나만으로도 형편에 맞게 얼마든지 할 수 있는 취미이기도 하다.

물가에 쭈그리고 앉아 마땅치 않은 식사에, 잠자리에⋯ 낚시는 불편함을 참는 취미이다. 피곤하기도 하다. 밤낚시는 잠을 포기해야하기에 더하다. 주말에 낚시를 다녀오면 피로는 화요일, 수요일까지 이어지기도 한다, 출조出釣를 마치고 돌아온 일요일은 피곤에 지쳐 "다음 주에는 한주 쉬어야지"하는 생각이 들 정도가 된다. 하지만 목요일, 금요일쯤이면 낚시가방을 다시 챙기게 되고 저수지 풍경이 어른거려 토요일 오후는 어느새 낚시터에 앉아 있게 된다.

1년 50여 주 중에 스무 번 이상 출조를 하면 '낚시광'으로 분류한다. 낚시를 못하는 장마철과 결빙기, 해빙기 각각 한 달여 씩 두세 달 정도를 빼면 1년 중 낚시가 가능한 날은 40주 정도 된다. 이중 반 정도인 20주 이상 낚시를 가면 속칭 낚시광인 것이다. 그런데 나는 거의 십여 년을 매년 50회 이상 갔었다. 주 2회 이상 간 적이 많았다는 것이다. 그러니 광狂 중에서도 '골수광'에 속한다 할 수 있다.

겨울에는 얼음판 위에서 하는 '얼음낚시'를 할 수 있다. 해 뜰 녘부터 오후 서너 시까지 낚시가 가능하다. 비록 조과釣果는 일반적으로 여름만 못하지만 광들에겐 그마저도 반가운 기회다. 낚시할 수 있으면 영하의 추위라도 문제가 못된다. 그래서 나도 경기도는 물론이고 강원도, 충청도로 다 다녀 봤다. 얼음이 깨져 빠져도 봤다. 다행히 얕은 물가에서였지만 의정부와 강릉 경포호에서 한 번씩, 두 번 빠졌었다. 젖은 옷, 신발 벗어 놓고 한 겨울 저수지 바람맞으며 잠시 빌린 슬리퍼 신고 홑바지에 낚시도 했었다. 3일 동안 대여섯 시간 자고 밤도 새웠었다. 전신장화 신고 벌서듯

물속에서 대여섯 시간도 버텨야 하는 장화낚시도 해봤고 비싼 고무보트도 몇 달 별러 사, 노 저어가며 하는 보트낚시도 해 봤다. 낚시 책 보고 연구해 '낚시찌'도 직접 만들어 쓸 정도로 낚시에 미쳤었다. 토요일, 일요일은 물론이고 공휴일과 여름휴가까지도 물가에서 보냈다. 조과 없이 빈 바구니로 오기도 부지기수였고 붕어 산란철에는 현기증 날 정도로 정신없게 잡아 보기도 했었다. 꾼들의 꿈인 월척도 여러 수 했다. 30대, 그 시절엔 낚시가 그렇게 좋았었다.

그렇게 광적이던 낚시를 그만둔 것은 용인으로 이사 온 후 몇 년 지나서부터다. 집 앞에 경안천이 흘러 퇴근 후 슬리퍼에 반바지 차림으로도 낚싯대 몇 대만 달랑 들고 가도 언제나 낚시가 가능했다. 이전에 하던 무거운 밤낚시 장비에 식사 준비 비용 등은 필요 없었다. 걸어서 2,3분이면 집이니 낚시터 오고 가던 피곤함도 없었다. 잡히기도 잘 잡혔다. 그때부터 낚시가 쉽고 편리해지니 시시해지기 시작했다. 또 그즈음부터는 '이유 없는? 살생'이 싫어지기 시작했다. 얼마 지나지 않아 낚시를 안 하게 됐다.

지금은 낚시꾼들 앉아 있는 모습만 봐도 내 광적이던 젊은 시절이 떠올라 흐뭇하다. 낚시, 그쯤 해 봤으면 된 것 아닌가? 원 없이 해 봤다.

검도

　건강 때문에 본격 시작했다. 보직교수로 학교일을 할 때 건강을
신경 쓰지 않아 문제가 있었다. 어느 날 갑자기 입이 돌아갔다.
발음이 정확히 되지 않았다. '구안와사'였다. 다행히 중증은 아니
어서 며칠 후 정상이 되긴 했지만 그때가 40대 초반이었으니 이
런 병에 걸릴 나이는 아니었다. 학교 업무를 핑계로 기름진 음식
에 술에 수면부족이 쌓인 결과였다. 병원을 다녀온 날, 나 스스로
에게 한심한 생각이 들었다. 그날 잠을 안 잤다. 화가 나 잠이 오
지 않았다. 오기가 작동해 밤새 조깅을 했다. 다음날 바로 검도장
을 찾았다. 이후 지금까지 하고 있다.

　대학 때 기초만 몇 달 하다 매월 내야하는 회비가 없어 못했다.
아주 힘든 운동이란 걸 알고 있었다. 중년 나이에 다시 시작했으
니 젊었을 때와 다른 체력의 한계를 느끼며 했다. 더 힘든 건 40
대에 남들 가르치는 교수가 뭘 '처음부터 다시 배운다'는 어색함
이었다.

100명이 검도에 입문한다면 한 달 내에 50명이 그만두고 1년 이상 지속하는 이는 불과 5명 이내라 할 정도로 고될 뿐만 아니라 어려운 운동이다. 그 5명을 다시 100명 모아도 10년 이상 계속하는 이는 불과 다섯 명 이내라고 한다.

검도는 우리가 평소 사용하는 오른손, 오른발이 아닌 부자연스러운 왼쪽을 사용해야한다. 또 근력 보다는 관절의 유연성을 요한다. 어느 정도 힘이 필요하고 힘이 드는 운동이지만 힘만으로 할 수 없고 힘을 빼야 하는 운동이다. 이 종목을 모르는 사람들에게는 설명이 불가능한 내용이다. 힘들고 어렵고 좀처럼 진척이 없는 운동이다,

모든 운동이 그렇지만 검도만큼 기초, 기본이 중요한 운동도 드물다. 기초를 몸에 익히지 않으면 실력이 절대로 늘지 않는 운동이 검도다. 그래서 20~30년 검도 수련자들 중에도 기초가 부실해 '머리치기'를 제대로 못하는 사람이 70~80%는 된다.

열량 소모가 많은 운동이라 체중관리에 특별하다. 겨울철에도 창문을 열고 운동을 하는데 운동 후에는 도복 상의가 땀으로 흠뻑 젖을 정도의 많은 활동량을 필요로 한다. 맨발, 맨손의 운동이

라 지압 효과도 있다. 전신 운동이라 심폐기능 향상에 좋다.

무엇보다도 검도는 집중력과 신중함, 결단력을 길러주는 운동임과 동시에 신사의 운동이어서 좋다. 자칫 잘못 사용하면 마음 상할 수 있는 죽도라는 타격 도구를 사용하므로 상대에 대한 예절과 배려가 있어야 하는 운동이다. 검도는 격렬하지만 생각보다 안전하며 거친듯하지만 부드러움이 있다. 검도는 남녀노소 누구와도 같이 즐길 수 있는 운동이다. 체격과 체중의 차이도 관계없다. 고단자와 초심자가 같이 할 수도 있다. 이런 운동은 흔치 않다. 이 점이 검도의 또 다른 매력이다. 검도는 목소리를 사용하기에 스트레스 해소에 월등하다. 기합소리의 기백과 크기만 들어도 검도 실력의 9할은 구별이 가능하다.

검도는 중독성이 있다. 운동 중에 무릎 연골이 부서져 수술을 받았다. 검도는 운동 전, 스트레칭이 필수적인데 그날따라 준비운동을 등한시한 내 잘못 때문에 다쳤었다. 연골은 인대나 근육과 달리 재생이 안된다. 의사는 검도를 하지 말라고 했다. 무릎 연골은 몸무게의 하중을 그대로 받는 부위인데 절제 수술로 연골의 60% 이상을 잘라냈으니 검도는 무릎 건강에 치명적이라 했다. 퇴행성관절염으로까지 이어진다고 했다.

걷고 활동하는데 무리가 없음을 확인한 두어 달 후부터 다시 도장을 찾았다. 단전에서부터 나오는 기합소리와 함께, 온 몸을 던져 상대와 부딪히며 흘리는 땀이 그리워 검도를 멈출 수가 없었다. 계절에 관계없이 운동 후 느끼는 전신의 시원함, 가슴속의 후련함과 경쾌함은 검도가 주는 선물이다. 고된 운동 후에는 피곤이 아닌 산뜻함이 있다. 내 경우, 이런 느낌은 결국 가벼운 중독현상이 됐고 부득이 운동을 못하는 환경이나 상황에서는 금단현상까지 있다.

이런 이유가 아직도 검도를 계속하고 있는 이유다. 내게 검도는 일상이 돼버렸다. 수술한 내 무릎이 허락하는 한 앞으로도 계속할 것이다.

검도는 심신의 수양에 탁월한 운동이다. 어쩌면 신체적인 운동효과보다 정신건강에 효과적이다. 검도 용어 중에 장려하는 '무심의 일격', 뿌리쳐야 할 '경외 의혹'이 있다. 검도 수련 시 스스로의 심리상태가 상대의 기세에 밀려 놀라지 말고, 두려워하지 말아야 하며(경외), 공격 전 자신의 능력에 대하여 의심하거나 따지지 말아야 한다(의혹)는 말이다. 즉, 공격 시에는 사사로운 심적 동요 없이(무심), 혼신을 다한 타격이 되어야 한다는 뜻이다. 0.1~0.2초 사이에 승부가 갈리는 운동이다. 판단과 움직임으로 이어지기에는 대단히 짧은 시간이어서 반사적으로 자연스럽게 반응하여야 한다.

길고 고된 수련으로 경외의혹이 제거된 무심의 일격이 어느 정도 이루어졌다 하더라도 반응과 공격성만이 몸에 배면 안된다. 내 경우가 아마 이쯤 해당한다 할 수 있다. 공격을 참고 절제할 수 있는 편안한 마음 상태인 '평상심'을 항상 유지하기가 여간 어려운 게 아니다. 공격 시점이 아님에도 내 몸이 벌써 움직이고 있는 것을 연습 중 자주 느낀다. 이 평상심의 항상성에 다다르려면 아직 멀었음을 나는 안다.

'평생 검도'라 한다. 죽을 때 까지 해도 어렵다는 말이다. 요즘도 도장에서 나는 매일 새로움을 느끼고 배운다. 20여 년을 배웠음에도 그렇다. 어렵고, 힘들고, 끊을 수 없는 운동이다. 이 점 또한 여타의 취미와 검도가 다른 면이다. 나도 내 생 끝까지 해 볼 셈이다.

색소폰 연주

악기 다룬 지 십여 년 됐다. 짧은 공부로 음악을 논할 순 없지만 악기는 노력한 만큼만 결과를 준다. 하긴 대부분의 다른 분야도 마찬가지이기는 하지만 악기 연주 능력은 반복, 투자기간, 취약점 보완의 노력, 각 단계별 난이도 높이기 등 끝이 없는 집중과 인내가 필요하다.

음악성은 어느 정도 타고난 감성을 요구한다. 뛰어난 감성을 갖고 태어난 이는 연습과 노력이 비등하다 해도 결과에 있어서 보통의 사람들보다는 대단히 유리하다. 그렇지 않은 보통의 경우는 예외 없이 시간과 노력의 투자 없이는 이룰 수 있는 게 별로 없다. 듣기 편한 가요나 동요를 연주할 경우도 연주자의 실력과 경륜은 여지없이 드러난다. 하물며 난해하고 복잡한 곡의 경우 하루 2~3시간씩 1년을 연습해도 흉내 내는 정도를 못 벗어난다. 음악, 연주, 대단히 어려운 분야이다.

쉽게 접하는 연주자의 연주가 피와 땀이 섞여 있다는 것을 악기를 만지며 절감했다. 그저 다다를 수 없는 경지의 교본 정도로 여기고 나 나름대로 즐기기로 마음먹고 욕심을 접었다. 취미조차도 쉽게 얻어지는 게 아니라는 것을 몸으로 느끼고 이제는 색소폰을 그저 시간을 보내는 친구로 삼고 있다.

그래도 이젠 제법 유명 연주자를 모방할 정도는 되니 그것으로 만족하고 더는 스트레스를 안 받기로 했다. 그저 평생을 같이할 말동무 하나 사귄 셈 치고 요즘도 색소폰을 분다. 나름대로 이 지점, 여기서 만족하고 있다.

글쓰기

지금은 낚시는 하지 않으니 검도, 색소폰 연주에 최근에 시작한 글쓰기까지 현재의 취미가 세 가지나 된다. 적은 숫자는 아니지만 지금까지 무리 없이 다 하고 있다. 글쓰기야 매일 하는 게 아니고 틈 날 때마다 생각나는 것을 잡문이나 시로 기록하는 정도니 부담도 없다. 밥 먹고 화장실 가는 것과 같은 일상으로 여기며 쓴다.

내가 글을 쓰는 것은 출판이나 발표하기 위함보다는 낙서의 성격이 강하다. 일기 아닌 일기로, 내 지나온 생과 평소의 단상들을 자서전 비슷하게 적어놓으려 한다. 훗날 내 자손들이 보면 몇 대 선조의 생각이 어떠했으며 어떤 삶을 살았으며 그런 조상의 자손임을 알리는 의미도 조금은 있다.

한 십 년 잡고 천천히 쓰려한다. 수필 한 권, 시집 한 권을 낼 수 있으면 더 좋겠다.

어머니, 아버지, 동생들, 할아버지 할머니 등 가족에 관한 것들과 내 성장기를 포함한 일생은 물론 아내와 두 아들들에 관한 것도 쓸 예정이다. 나와 관계된 모든 것을 기록해 놓을 것이다. 어렵고 힘들었던 일, 기뻤던 일, 내 실수, 잘한 결정 등 모든 것을 적으려 한다.

내가 생각해도 취미가 여럿이다. '참 가지가지한다'

2016년 11월

낚시 I

좀 나와요? 물어보면
대답은 거의 '입질도 없어요'
남 보긴 세월 낚는 무량 도인이지만
낚시꾼들 쪼잔하다

잡은 이도 꽝 친 사람도 있겠지만
'안 나와요'가 한결같다
옆에 앉으면 시끄럽고 귀찮으니
딴 데 가서 하라고

나는 메뉴를 바꿨다
누가 물으면 '금방 왔어요'
나도 안 빠지지

붕어 많이 잡아 뭐하나
먹지도 버리지도 못해 놔주고 말 것
어차피 빈 자루

말동무 삼아 옆자리 내주고
그저 그런 얘기나 하다와도 될 것을

사는 게 낚시인지라
잡은 날은 별로 없고, 건너는 소란 떨고
몇 수 했어도
까짓것 다 놓고 가야 하는데

그러느니
하루 저녁 너스레 떨 동무면 어때
알고도 못하는 인색한 꾼 들
그 게 뭐 어려운지
나부터 그렇고, 다 들

낚시 Ⅱ

비늘 하나가 라이방 알 만 했다고
낚시보트 노를 못 저을 정도로 고기가 많다고
좀 보태 듣는 이 재미있으라고
세상 다 아는 뽕쟁이들의 뻥

밤하늘은 전부 야광 케미라이트 불빛
하늘에도 깜빡 입질이
물에는 찌가 별로
내가 아는 유일한 별 북두칠성은
목줄 잘못 맨 바늘 모양 늘어졌고

네 칸대로는 은하수 한번 젓고
짧은 대로는 잠도 없이 돌아다니는 논병아리 놀래 주고
오래전 노래 하나 흥얼대면
말 걸던 옆자리도 졸고

오늘은 달이 좋아 입질은 틀렸어

앉았다나 가는 거지
밝은 달은 지난 한 주치 때 밀어주고
중독된 물 냄새
깡통 컵에 풀냄새 섞어 커피 타
마시는 아편은
다음 일주일치 불치병 진통제

손목 골절

좌측 요골 원위부 코레스 골절
쉽게 말해
자빠져 왼 손목 부러졌다는 거다

10센치쯤 째고
쇠판 대고 나사를 아홉 개나 박아
한 달 반 기브스
아물면 나사를 뺀단다

아프고 거북한 건 둘째고
후유증이 남는다고
돈 내버리며 수술했는데
병신 아닌 병신 된다니

찾아보니, 나만 별나 그런 게 아니라
손목이 부러지면 원래 그렇다나
재활치료고 나발이고 큰일이네

사 논 참나무는 언제 다 자르나
닭장에 똥 치울 때가 지났지, 아마
눈 오면 무슨 수로

힘든 일, 무거운 거 들지 말라지만
그게 될 법이나 하냐
병원 예약 메시지나 찍찍 보내지 말고
니들이 와서 쌔고 쌘 일 좀 해라

마당을 내다볼수록 심난해
핑계 김에 좀 쉬자며 무신경하려 해도
달력에 표시한 기브스 푸는 날
다음 주 수요일
황새 게 구멍 들여다보듯
닳도록 다시 본다

턴테이블

레코드판을 얹어 본 게
삼십 년은 족히 넘었을 걸

아득한 젊음에 좋아하던 음악들과
한통속인 풍경들
가물가물한 기억들의 냄새

고졸古拙스러움과의 해후
친구 반가워, 그간 잘 지냈나
눈 감아 안부의 악수를

턴테이블 위로
당차던 소음이 아물아물 피어
음악은 그대로인데
난 얼마나 예전 게 남아있는지

LP판은 따지지 않고 무작정 돌아

언놈이 원체 잘못 만들어 바삐 가는 세월

하는 수 있나

신나게 끝까지 돌아보는 수밖에

어탁魚拓

철원 동송 학저수지
92년 8월 13일 9시 10분경
지렁이에 외바늘, 두 칸 반 낚싯대
30.5cm라 적혀있다

깔딱 넘는 월척을 했었지
아마 토요일 밤이었을 거고
그날도 주서 아빠랑 같이 앉아 있었겠지

낚싯대 손 놓은 지는 또 얼마나 됐나
얼추 30년 전
저 붕어는 목숨을 바쳐
내게 잠깐 즐거움을 주었지

그때는 몰랐어, 놔줄 줄을

내가 생각하는 '검도'

나도 환갑이 돼가는 나이다. 원체 체력이 달려 이것저것 별 운동을 다 해 보았다. 결론은 검도만 한 게 없었다. 이 운동을 시작하고 배울 때만 해도 너무 힘들고 진전이 없어서 적당히 창피하지 않을 정도까지만 하고 그만둬야지 했다. 그런데 아직도 그 창피하지 않을 정도가 되지 못했고 이제는 이 운동에 가벼운 중독증까지 생겨서 운동하다 다친 왼쪽 무릎이 허락하는 날까지 계속하려 한다.

이 글을 쓰는 이유는 몇 년 운동 먼저 한 선배로서 조금이나마 도움을 주고 싶어서이다. 나는 검도를 잘 하지 못한다. 몇 년 안한 분들이 보기는 내가 좀 하는 듯 보이겠지만 결코 운동을 잘해서 이 글을 쓰는 게 아니라는 점을 미리 말하고 싶다. 원래 장기도 두는 사람 보다 옆에서 구경하는 사람이 훈수를 잘 두는 이치와 같다. 히딩크도 뛰어난 필드플레이어는 아니었어도 선수 조련은 잘 했다. 이점 오해 없기를 바란다.

검도劍道, 길 도자를 써 전통적인 무도로 일컫지만 여느 종목과 같은 스포츠다. 일본이 정한 복장과 틀을 아직도 따르고 있다. 그네들은 어떤지 모르겠지만 내가 여태껏 보고 느낀 바로는, 우리에게는 스포츠가 맞다. 그렇지만 아주 중요한 문제라 '취미'란 글에서 말한 내용을 한 번 더 언급하면, 검도는 막대기를 사용하므로 각별히 예절에 주의할 필요가 있다. 죽도란 도구를 사용하기에 자칫 상대의 감정을 자극할 수 있다. 주의가 필요하다. 또 도복에 호구를 쓰고 있으면 홀랑 벗고 있는 대중탕에서와 같이 선先 후後, 고高 하下, 장長 유幼를 순간적으로 잊을 수 있다. 결례를 삼가는 자세가 필수적이다. 실제 속칭 싸가지 없는 행동을 하면 안 된다. 내가 여러 번 겪어 이 점을 제일 강조하고 싶다. 반면, 나는 그런 행동을 하진 않았는지 뒤돌아보기도 한다.

어린이와 노인, 며느리와 시아버지, 딸과 아빠 등 누구와도 같이 할 수 있는 게 검도다. 이런 운동이 또 있을까? 얼마나 멋진 운동인가 말이다.

좀, 아니 많이 힘들게 해야 남 보다 빠르고 먼저 보고 먼저 칠 수 있다. 1:0으로 지고 나서 1점 차이가 별 것 아닌 것으로 생각하던 때가 있었다. 다음에 또 그 친구에게 1:0으로 졌다. 별 거 아닌 1점이 아니라는 것을 나중에야 알았다. 1점 차를 극복하지 못

하면 계속 1점 차로 있는 것이다. 도장에 30분 먼저 오고 30분 더 하고 가고 했었다. 이제는 그렇게 못하지만 운동 후 집에 와서 밤 11시나 12시쯤 아파트 옥상에서 짧은 보폭으로 뛰며 연습하는 '빠른 머리치기'를 2천 번씩 쳤었다. 도장이 쉬는 토요일, 일요일은 사람 없는 곳 찾아다니며 두세 시간씩 머리치기 연습도 했었다. 빨리 창피하지 않을 수준까지 되고 싶어서……

혼자도 할 수 있는 게 이 운동이지만 상대가 있으면 더 재미있는 게 이 운동이다. 그런데 같이 하기 싫은 상대의 유형이 몇 있다.

첫 번째는 공격은 안 하고 그 자리서 받아만 치는 사람. 이런 사람하곤 진짜 운동하기 싫다. 오죽하면 공격을 안 하고 받아만 치겠냐마는 해도 해도 못 치고 하니 받기만 하는 유형이다. 나이 먹은 사람이, 사범이, 고단자가 계속 공격을 해도 공격을 할 줄 몰라 받기만 하는 이런 유형과는 같이 하기 싫다. 제일 큰 결례다. 검도는 먼저 움직여 기회를 만들고. 먼저 치는 게 진짜 검도다. 먼저 움직여 먼저 치는 '선先의 선先'이 멋진 검도다. '후後의 선先'이란 말도 있지만 그 건 매 번 쓰라는 게 아니다. 못 치면 쳐 버릇하고 공격하는 습관이 몸에 빠르게 배야만 검도다운 검도를 할 수 있다.

두 번째 유형, 서서 막기만 하는 타입. 이 유형은 운동 시작하고 2~3년 정도의 수련자들에게 많이 보이는 유형으로, 상대가 공격할 기미만 보이면 자동으로 손이 방어자세로 올라가는 잘못된 습관이 부지불식간에 몸에 밴 경우이다. 서서 막으면 힘 안 들고 효과적으로 상대를 무력화시킬 수 있지만 공격하는 순발력은 높일 수 없어 물러서며 공격하는 퇴격 공격이나 상대의 실수만 찾게 된다. 다시 말하면 실력이 늘지 않는다. 모양이 좋지 않을 뿐만 아니라 수세적 소극적 태도로, 본연의 의미로는 검도가 아니다. 심하게 표현하면 비겁한 것이다. 속칭, '개 칼'이다.

먼저 치는 연습을 많이 해야 한다. 상대보다 먼저 치려면 더 움직이고 더 재빨라야 한다. 이러려면 힘이 더 들기 마련이다. 당연히 체력이 더 강해져야 하고 지구력 또한 필요하다. 집중력도 함께 향상 돼야 한다. 본인의 인지와 노력 없이는 잘 나아지지 않기에 빠른 교정이 중요하다. 검도 20~30년 했네 하며 다니는 '개 칼'들 중에도 제법 많다. 맞지 않는 게 잘하는 검도가 아니라 바른 자세로 같이하는 게 참 검도이기 때문이다.

세 번째 유형은 도끼질 유형이다. 이 유형은 보편적으로 교정이

쉬운 편으로, 자세 불안과 공격 타이밍을 잘 못 잡기에 힘으로 속도를 대신하려는 유형이다. 이런 유형의 상대와 운동을 하다 보면 힘으로 죽도를 다루기에 휘두른 죽도에 맞아 어깨, 겨드랑이, 심지어는 다리까지 멍이 드는 경우도 있다. 하지만 대부분 일정한 시간과 노력으로 교정이 자연스럽게 이루어지나 절로 되진 않는다. 운동 상대로는 다소 부담감이 드는 게 사실이다. 힘을 뺄수록 속도는 빨라진다. 몸, 특히 어깨의 힘을 빼야만 속도가 빨라진다. 손목, 팔꿈치 관절을 효과적으로 사용하는 법을 익히면 된다. 많이 힘들게, 꾸준히 생각하며… 정답은 없다.

일 년에 수십 회 열리는 전국, 도, 시 규모의 각종 검도 대회도 30~40번 참가했었다. 예선 탈락도 해보고, 메달도 색깔별로 수십 개 받아봤다. 0:0 보다는 1:1로 비긴 게 잘한 검도고, 1:0 보다는 2:1로 이긴 게 잘하는 검도고, 무엇보다 지저분한 자세와 동작으로 이기는 것보다 패하더라도 바른 동작, 깨끗한 칼이 옳은 검도다.

이 운동을 알게 된 게 다행이기도 하지만, 여태껏 나도 짜증 날 정도로 잘 안 되는 부분이 많다. 그렇다고 골프, 등산, 테니스, 자전거 타기 등은 별로 하고 싶은 생각이 없다. 수영? 몸매가 안 받

쳐줘서 그것도 영… 그렇다고 게이트볼 하기는 좀 이르다. 딱히 별로 할 게 없다. 검도, 어디 될 때까지 함 해 보자.

 검도 입문자, 초심자들에게 도움이 되었으면 한다.

2017년 2월

벚꽃

바람 앞 꼿꼿이 선 나부裸婦
순간의 망설임도 없이
일거에 무감히
최후마저 부드러움으로

젖가슴에선 유두가 꽃으로
생각 없는 서슬 퍼런 대검 날
한 차례 비에
산산이 흩어진다

언젠가는 누군가는
꽃 떨어진 남쪽으로
고개를 떨궈야

검과 마음

검선은 바르고
중단中丹은 바위로
살점 주고 뼈를
다 버리고 온몸으로 들어가
혼신의 일도

죽도는 진검
칼 끝 기세로 누르고
들고 나길 솜털로
외경畏敬과 망설임 없이
몸은 그저 칼을 따라
무심無心의 일격

나는 아니고
내 몸속 귀鬼의 필도

검도하면 땀이 난다

혼이 섞여 반은 식은땀

골프와 검도

골프는 자치기 하듯 작대기 하나면
할 수 있는 게 아니니
운동이나 취미도 구분이 돼
많이도 하는 골프
난 골프장 딱 두 번 가봤다

한 번은 조막만 한 땅때기에
도로사용 동의서가 필요해
거만 떠는 클럽 회장이라는 자 만나러,
안 해 주더라

또 한 번은
전 학장이 그늘집으로 점심 때 오라고해서
별 맛도 아닌 우거지국 얻어먹으러
평일 오전부터 놀이꾼들 많더라

골프채 한 번 못 만져봤지만

난 대나무 막대 하나면 충분한
다섯 살 꼬마부터 할머니까지
누구나 할 수 있는 운동을 한다

얼추 25년 째
닦아도 끝이 없어
평생검도라고

같은 작대기 운동이지만
골프로는 뭘 깨우치는지
난 안 해봐서

나는 몇 점?

몇 년 전부터 "내 인생을 점수로 매긴다면 몇 점이나 될까?" 하는 생각을 자주 했다. 궁금하기도 한 질문이다. 다른 이에게 점수를 매겨 달라고 할 수도 없는 일이고, 뭐 그런 평가기관이 있는 것도 아니니, 내 스스로 이제까지의 60평생에 대한 점수를 따져 보고 싶다. 살아갈 날이 얼마나 남았는지는 모르지만, 이제 앞으로 뭐, 더 큰 변화는 없을 것이다. 그래서 대강 내 인생 큰 줄기는 마감이라 보고, 평가를 해 보려 한다.

문제는, 항목 별로 정답이나 기준이 없으므로 평가가 틀린 점수일 수 있다. 주관적인 판단이므로 오류가 다분히 있을 수 있다. 또한 보편타당하지 않을 수 있다. 그러므로 채점 결과가 전체적으로 무의미할 수 있지만, 신년 초에 운수대통을 바라며 토정비결을 보듯이, 남은 생의 신수가 나아지길 바라는 의미로, 지금까지 내 인생의 대강을 평가해 보려 하려 한다.

Ⅰ 어린 시절 : 유소년기의 성장환경과 자의식 정도

아주 어려운 유년을 보냈고 빈곤한 환경에서 힘들게 성장했다. 다행히 고등 교육을 받은 부모님 슬하에서 곧은 가치관을 형성할 수 있었고 환경을 원망하거나 나쁜 길로 빠지지 않았다. 연필 한 자루도 남의 것에 손대지 말라는 부모님의 말씀을 귀에 못이 박히게 듣고 자랐다. 소년기에 이런 교육을 받았기에 정직과 올곧음은 나의 행동과 가치판단의 기준이 되었다. 궁핍한 생활 속에서도 다행스럽게 조모를 포함한 부모님의 사랑을 '우' 수준 이상으로 받고 자랐다 자평한다.

경제적인 환경 탓에 손꼽아 기다리던 소풍을 못 가기도 여러 번이었다. 소풍 갈 때만 되면 나는 늘 못 갈까 불안해했었다. 당시는 국민학교도 매월 내야 하는 월사금이 있던 시기다. 나는 월사금을 제 때 내 본 기억이 없다. 방과 후 담임선생은 월사금을 미납한 학생을 따로 불러 납부를 독촉하였다. 나는 "엄마가 다음에 주신대요"만 되풀이 했다. 그 시간이 언제나 공포스러웠다.

이런 심리적 불안이 내 성격 형성에 작용했을 것이다. 프로이드, 아들러의 이론에 의하면 유년기 이전의 환경이 한 개인의 인격과 성격형성은 물론 성장 후의 인성 형성에 까지 영향을 준다고 한다. 나는 이들의 논리를 인정한다.

따라서 부모님의 관심과 사랑에도 불구하고 유년기의 어려운 환경이 내게 대단히 큰 악영향을 미쳤으리라 판단한다. 때문에 후한 점수는 줄 수 없다.

낙제를 면한 수준의 D+, 65점을 준다.

Ⅱ 중·고·대학 시절 : 청년기의 가치 형성과 성취 정도

동생들과 달리 장남이라는 프리미엄 때문에 어렵게라도 진학은 할 수 있었다. 중고등학교 과정 내내 변변한 참고서 하나 없어도, 부모님이 물려주신 양질의 유전자 덕분에 성적은 비교적 좋은 편이었다. 중학교 때 까지는 그래도 언제나 '우' 정도를 유지했었다. 대학진학 보다는 은행이나 증권사 등으로 취업을 하게 되는 상고 _{덕수상업고등학교}로 진학을 하였다. 부모님의 생각과 달리 나는 대학 진학을 하기로 했다. 이상하게 주산, 부기 등 취업 필수과목이 지겹고 싫었다. 영어, 수학은 열심히 했다. 당시 덕수상고는 명문고 축에 들었다. 가난한 집에서 머리 좋고 공부 잘하던 아이들이 대학 진학을 포기하고 취업을 목표로 가던 학교였다. 고교시절, 이때 만난 친구들이 아직도 좋은 친구로 남아 있다. 지금 회상해도 나는 상고를 나온 것이 전혀 부끄럽지 않고 오히려 자랑스럽다. 특히 미술반에서의 특별 활동은 지금도 즐거운 기억으로 남아 있다.

고교 졸업 후 재수 끝에 홍익대학교로 진학을 했다. 미술대학 시각디자인 전공이었다. 상고에서 미대로의 진로는 특별한 경우였다. 내가 특이했기 때문이었다. 나는 그림 그리길 좋아해 고교에서는 미술반 활동을 했었다. 중학교 때는 음악 공책에 인쇄되어 있는 베토벤 얼굴을 똑같이 그렸었다. 그때 내 스스로 그림에 재능이 있음을 알았다.

부모님과 상의 없이 미대로 진로를 정했지만 미술 실기 능력은 턱없이 부족했다. 그렇다고 지금 가치로 환산하면 소기업 급여에 맞먹는 실기학원 수강료를 부모님이 대 주시는 것은 불가능했다. 궁리 끝에 독학을 시작했다.

실기학원에서 발간한 책과 잘 그린 그림, 자료 등 도움이 될 만한 것을 모아, 집에서 보고 따라 그리기를 시작했다. 아침부터 잠들기 전까지 그렸다. 보통 학원에서의 원생들이 뎃상 한 장을 완성하는 데 대부분 수 일이 걸리지만, 나는 하루에 서너 장씩을 그렸다. 종이가 아까워 앞뒤로 그렸다. 그런 노력에도 실기 능력이 어느 정도 이상 발전하지 않았다. 고민으로 두어 달 허송하게 되는데, 행운이 찾아왔다. 고교 미술반에서 별로 친하게 지내지도 않던 친구가 서울미대에 진학을 했고, 나는 그 친구가 아르바이트로 실기지도를 하고 있는 학원을 찾아가게 되는데, 그 친구의 도움으로 미술학원을 무료로 다닐 수 있었다.

학원 주인인 원장이 장기 입원 중이라 친구의 묵인만 있으면 무료 수강이 가능했다. 나는 어렵게 얻은 행운을 알차게 썼다. 다른 학원생들처럼 히히덕대고 간식 먹으며 여유 부릴 시간이 없었다. 점심은 대부분 굶고, 그 돈으로 켄트지를 사 앞뒤로 그렸다. 남들이 쓰다 버린 켄트지도 쓸 만한 것은 지우고 다시 썼다. 몽당연필도 주워 썼다. 실기능력은 차츰 나아졌고 비록 서울대 미대는 전기에 낙방했지만 후기로 홍대를 들어갔다. 대학 생활도 항상 등록금이 걱정이었지만 아주 어렵게 억지로 졸업을 했다.

80년대 이전은 우리나라 대학 진학률이 20% 이내 일 때다. 경제적 어려움을 제외하면 그나마 선택받은 일부 중의 한 명이라 할 수도 있다. 고교, 대학시절은 친구도 많이 사귀었고, 좋은 기억도 많았던 꿈같은 시기였다. 내 나름의 가치관, 판단으로 환경에 굴하지 않고 노력했던 시기였으나 장래에 대한 계획이나 준비, 고민을 소홀이 했다. 공부도 게을리했다.

그러므로 B와 B+의 중간인 83점 정도면 족할 것 같다.

Ⅲ 사회 초년병에서 불혹不惑까지 : 사회적응 및 제자리 찾기

대학 졸업 후 비교적 우수한 직장을 잡았다. 한미약품과 의류업체인 페페의 최종 면접에서 연달아 떨어지고 나서 오히려 더 괜찮은 직장에 합격했다. 롯데그룹의 계열 광고회사인 대홍기획에 공채 1기로 입사했다. 대홍기획에서 디자이너로의 생활은 상상을 초월할 정도로 고되고 바빴다. 업무가 과중했지만 나름대로 광고 실무를 배울 수 있는 기회였다. 그래도 이때의 수고와 경험이 이후 현재의 대학에서 강의까지 이어지는 밑천이 되었다.

대홍에서 4년여 근무했는데 남 보기는 괜찮은 직장이었지만 점점 의구심이 들기 시작했다. 직장 선배들을 보더라도 희망이 없어 보였다. 그만두기로 마음을 굳혔다. 반려되기가 몇 번, 사직서를 4번인가 냈다. 결국 그만뒀다.

이후 평소 하고 싶었던 입시 미술학원을 2년여 운영했다. 자신 있게 시작한 학원이 쉽지 않았다. 이 무렵 나는 장가를 갔다. 큰 놈 원식이를 낳았다. 내 평생 중 제일 행복했던 시간이었다. 학원에서의 수익은 시원치 않았다. 생각 끝에 다시 동해기획이라는 광고회사에 차장으로 재취업했다. 당시는 좁던 광고 바닥에서 내 평판이 나쁘지 않은 편이어서 재취업은 어렵지 않았다. 이후 직장을 한 번 더 옮겼다. 마지막 다니던 회사였던 동신광고기획에서는 앞으로 교수가 되기로 목표로 잡고, 근무와 대학원 학업을 병행했다. 동신광고에서의 직위는 최종적으로 국장이었다. 제작 국의 총 책임을 맡았으며, 어느 정도 재량권이 있어 논문 준비를 할 수 있었고, 재직 중에 학위를 받았다. 아무런 연줄도 돈도 없던 나는 서울·경기권 대학 교수공채에 10여 차례 원서를 낸 끝에 용인공업전문대학, 지금의 용인예술과학대학교에 교수로 임용되었다.

교수 임용 전 까지는, 마지못해 목줄 매여 끌려가듯 한 회사생활 의 연속이었다. 임용 합격통보를 전화로 받던 순간은, 내 생애 단 한 번의 최고로 기뻤던 순간이었다. 전화기를 놓고 나도 모르게 두 팔을 허공에 쳐들었었다. 내 나이 서른여덟이던 해의 12월 이었다. 이 대학, 저 대학 면접도 십여 차례 봤었다. 최종 이사장

면접도 두 번이나 있었지만 언제나 결과는 실망이었다. 항상 시간 부족한 제작일정, 매달의 실적보고, 직원관리 등 스트레스의 연속인 회사생활을 이제는 안 해도 되는 1994년 12월의 해방이었다. 탈옥수의 느낌을 알 수 있을 정도였다. 그 후 이 대학에서 28년째 재직 중이다. 1996년에는 서울서 출퇴근이 불편해 용인 학교 근처로 집을 옮겨 내려와 살았다. 대학졸업 후 불혹이 되기까지의 내 삶은, 직장의 스트레스로부터 탈출하기 위한 준비기간이었다.

이 기간의 생활은 평범했다. 보통의 대학을 나왔고, 도시 생활인의 보편적인 생활이었다. 중간 정도 혹은 그보다 약간 높은 정도의 삶의 수준이었다 판단한다.

따라서 이 시절의 점수는
75점과 80점의 중간 C+, 78점 정도가 타당하다 여겨진다.

Ⅳ 불혹 이후 정년퇴직까지 : 사회·경제적 안정과 성취 정도

신설 대학의 창립 멤버로 임용된 후 현재까지의 기간이다. 개교 초의 불안정한 학교 상황을 이유로 처우가 못 마땅한 기간도 있었다. 그래도 전반적으로 따져 보면 타 대학에 비하여 근무 조건이 그리 나쁜 편은 아니었다.

사업가 출신인 설립자의 대학이 대부분 그렇듯, 이 대학도 비민주적인 행태로 자주 불만이 있었으나 견딜만했다. 이 기간에 사회의 경제적 위기가 여러 번 있었다. IMF 구제금융, 리먼브러더스 사태, 국내 경기의 장기불황, 중산층의 실직과 몰락, 중소기업의 대규모 도산 등 서민들에게 가혹한 시간이 있었다.

이 시기에 직장 생활하며 알던 동료나 선배 중 60~70%가 실직했다. 다행히 나는 학교에 있어서 일반 서민들에 비하여 비교적 안정적인 생활을 하였다. 사회 전반에 닥쳐온 경제적 한파의 소나기를 피할 수 있었다. 자식들 교육환경은 대도시에 비하여 다소 열악하였으나 두 녀석 모두 건강히, 탈 없이 잘 성장했다. 사는 집도 노후를 대비해 전원으로 옮겼다. 부모님도 아직 건강하시고 집안에도 큰 문제는 없었다. 학교에서는 보직교수를 여러 번 했고, 교육자로의 보람도 있었다. 학교 발전에도 미력이나마 도움이 되었을 것이라는 생각이 들기도 한다.

학교생활에 충실했고 평판이 나쁘지 않은 교수로 나름의 직분을 지키고 산 20여 년이었다.

점수로 매기면 B+ 정도 될 것 같다. 85점 정도.

Ⅴ 정년퇴직과 여생 : 노후 생활 준비 정도

내가 베이비 붐 세대다. 사회학자들은 나도 모르는 사이 나를 이렇게 구분해 놨다. 평생 일만 열심히 한, 이러지도 저러지도 못 하는, 새 중간에 낀 난감한 세대라는 뜻이다. 다행스럽게도 임용 시점부터 강제로 급여에서 떼 가던 연금이 이제는 생각지도 않 게 효자 노릇을 해 준다. 연금법이 두세 차례 개정돼 이전보다는 연금 수급액이 확연히 적어졌지만, 그래도 연금이 있어 퇴직 후 의 걱정은 일반인 보다 한결 덜한 편이다. 연금은 최저임금의 두 배가 조금 넘는 정도이지만 이제 아이들의 양육비, 교육비는 안 들고 조금 남은 은행 대출금을 상환하면 목돈 들 일도 없을 것 같다.

퇴직 후라도 이리저리 바지런을 떨면 연금 외에 용돈 정도는 벌 수 있을 것이고 그리되면 집사람과 1년에 두어 차례 정도 여행이 라도 다니며 지낼 수 있을 것이다. 또, 지금은 불황이라 매기가 없지만 서너 군데 있는 조그마한 부동산을 처분하면 어느 정도 목돈을 마련할 수 있어 그나마 안심이다.

나는 과시나 사치를 위한 경제적 풍요를 원치는 않는다. 다만, 소소하게 비용이 드는 일에 적당하게 쓸 수 있을 정도의 생활을 바라는데 그 또한 쉽지 않음이 아쉽다. 욕심부리지 않는 정도의 경제적인 자유도 사실은 녹록지 않다. 그래도 다행인 것은 아직 나는 건강이 좋은 편이다.

노후 준비를 별도로 하진 않았지만, 이러저러한 것을 종합해 평가하면, 그나마 남들보다는 안정적이라 판단된다.

그래도 A학점은 못 될 것 같아 87점 정도로 본다.

유년기부터 노후까지, 근거 없는 5개 항목의 자의적 평가지만, 가중치 없이 산술평균을 내면, 총점 398점, 평균 79.6점이다.

B학점에 조금 못 미친다.

그래도 반올림해서 B학점이라 우기고 싶다.

희한하게 내 학교 때의 성적과 비슷하다.

인생은 성적순인가?

맞을지도 모르는 얘기다. 요즘 정관계로 진출하는 고교 동창, 선후배가 자주 언론에 보인다. 가깝진 않았어도 아는 얼굴들이다. 원인에 부실했던 결과의 차이라는 것을 이제야 알게 됐다. 개네들이 머리 싸매고 공부하던 젊은 시절에 나는 빤빤히 놀았다. 미술대학의 분위기 자체가 자유롭고 니나노 판이었다. 어렵지 않은 실기와 이론 위주여서 적당히만 해도 졸업과 취업이 가능했었다. 또, 홍익대학이라는 이름에는 사회적으로 인정되는 덤이 있어 진로에 대한 걱정도 없었다. 그런 분위기에 나도 휩쓸려 나 스스로의 계발에 등한했다.

기실, 예체능 전공자와 상대, 법대 등의 문과대학 출신자와는 기회가 같을 순 없다. 사회 통념상 평가되는 높이의 위치나 진출 기회에 차이가 있는 게 당연하다. 이런 점을 고려한다 해도 정관계에서 활동하는 아는 얼굴들이 부러운 게 사실이다. 교육학자들의 연구에 의하면 인간의 지능은 수십 가지라고들 한다. 운동 지능, 음악적 지능, 코미디언 같은 친화적 지능 등. 그런데 영어, 수학 잘하는 지능만 높은 점수를 쳐주는 사회에서 그림 잘 그리는 공간지능은 아무래도 뒷전이다. 그래 왔고 기회가 없다. 언제나 기준도 모호한 능력 위주이고 인성이나 도덕관념 또한 별반 대접을 못 받는다. 이 점이 불만이지만 어쩌나? 방도가 없는 걸. 아직은 세간 평판이 나쁘지 않은 교수라는 직분에 있으면서도, 내 젊은 시절에 대한 아쉬움이 있다. 하지만 혹시 아나? 앞으로의 내 인생에 또 다른 대박이 기다리고 있을지… 평균점수를 좀 높일 수 있을지…

　아무튼 난 억지로 반올림해서 80점짜리다. 타고난 성실함과 끈기로 험하게 만든 점수다. 참을 줄도 알았고 노력도 꽤 했다. 이제 까지 살며 소소한 실수 몇 번이야 있었지만, 똑같은 상황이 다시 온다 해도 나는 분명 같은 결정을 또 할 것 같다. 팔자일 것이다. 그래서 더는 후회 않기로 했다. 수고 많았다고 나 스스로에게 격려해 주고 싶다.

2021년 7월

투사상 鬪士像

시대도 작가도 모르지만
미대 입시에 나오곤 해, 아는 투사상
그 상을 줄여 만든 석고 장식이

내 생일이라고 둘째가 사 온 걸
버리기도 뭐해 책상 구석에

하필이면 저 걸
40여 년 전 떨어진 실기 시험에 나온

이 애비는 상처럼 근육질도 아니다
투사는 더군다나

다만, 해야만 한다면
일합에 목 떨어져 나가도
검투사라고 마다할 게 뭐 있겠냐

상계동 추석 달

상계동엔

죄지은 이가 많아선지

지을 죄가 없어선지

푸줏간 진열장처럼 멋대가리 없이

네온 빛 뻘건 교회 십자가

많기도 많다

대목 맞은 동네 슈퍼

달보다 밝은 LED전구 밑엔

빈손 대신 들고 가라고

삼만 원짜리 과일상자, 스팸세트

논도랑이던 여기서

족대로 고기 잡았었지

놀다 허기져 배추 꼬리 서리해 먹던

당신네들 반은 세상에도 없을 때

그때 살던 자들

거반은 이미 다른 세상

구름 속 달이
슬며시 낯을 밀며 한 마디

까불지 마라
너 없을 때부터 난 여기 있었고
너 없어져도 있을 거라고

산장지기와 담배

담배 필 때 커피 마시면
담배 맛이 좋아진다고
털 많은 산장지기가 시범을 보여줘
해보니 신기하게도
연기 내려가는 목구멍이 순해져

그 후, 40년 넘도록 그 짓을
지금도 커피를 맛도 모르고
담배 필 때 그냥 마신다

명 재촉하는 아우토반을
그 털보가 자세히도 일러줬지
그러고 지는 아마
진즉에 죽었을 거야

그날, 같이 배운 우리 셋 중에
누가 먼저 가든
그 산장지기 만나면
한번 따져보자

너 땜에 여기 일찍 온 거라고

어마어마한 실수

2학년 때 일거야
교수 때려치우고 지금은 영화 찍는 문생이랑
체질상 못 마시는 술을
그것도 쉰내 나는 막걸리를 잔뜩

차장이 버스 문 열어주던 시절
취해 자다 눈을 뜨니
다음이 내려야 하는 정거장
일어서서 문 앞으로
버스는 사거리 신호 대기 중이고
울렁거림이 시작돼, 참았지
빨간불은 길고, 한계가 온 거야
목구멍엔 이미 건더기 일부가

앉아 조는 여자의 뒷머리에
토사물을 뿜어버렸어

차장은 어이없어 문 열어주고
신호등 사거리 당당히 내려
대로변에다 남은 위장 내용물을 다 반납했지
창피함도 모른 채

이런 팔푼이 짓도 했어, 내가
그 젊은 여자는 졸지에 뭔 날벼락
만난다면 엎드려 빌 수 있지만
이담에 염라 앞에서 경위서를 써야 할 판

그나마 용서받을 수 있는 실수라
다행이지

이런 내가
지금껏 선생을 하고 있어

요즘은 안 꾸는 꿈

학교 앞 문방구 좌판에서
그땐 '다마'라 했던
구슬 두 개를 째볐었다
완전범죄였지

한동안 시달리던
개병대 서하사 꿈처럼
마흔이 넘도록
그 도적질하던 꿈을 꿨지만
요즘은 안 꾼다

꿈도 사람 만들 길 포기했는지
저러고 살다 죽으라고

집에 가는 버스에서

할아버지뻘 문인들이
손에 쥔 건 없고, 친구와 글만 좋아
밥 대신 막걸리로 호기 부리던
그 어디쯤이었을 광화문 골목으로

선생님께서 손수 전화를 주셔
집엣 닭이 낳은 달걀 두 판을 들고

번쩍이고 싸구려들 노는 강남이
글쟁이도 아닌 내겐 차라리 부담 없지
그 골목은 자리부터도 과분이었어

담배 피다 걸려 쓴 반성문 같은 잡문으로
학교 때도 못 들은 엄청난 칭찬을

師사는 父부라는 말 아직은 멀쩡해
칠순이 낼 모래인 제자에게도

죽는 날까진 스승이신지라

찍소리를 못 하고 앉았어도

선생님은 다 아실 거고

학교엔 봉급쟁이만 있고

스승은 좀처럼 없는 요즘

오늘은 늙은 제자들의 문학평론 현장수업

짐작도 못한 이런 즐거움이

사는 동안 몇 번이나 더 있으려나

염치없이

배 터지게 얻어먹고

술 깨면 못 쓸 거 같아

취해 곱은 손으로

부리나케 이 글을

집에 가는 버스에서

일러주신 말씀은
칠판에 엎드려 빳다 맞을 때처럼
이 버스 내리며

거진 다 까먹겠지
그 전엔 '대쇼!' 그러셨습니다

막걸리동이만한 동그라미는
고래만 춤추게 하는 건 아니네요
오늘은 손에 꼽을 우쭐한 날
길바닥서 춤춘 날

한 여나무 권 써 보렵니다
이경복 선생님
칭찬을 또 들어야겠습니다
그때까지 평안하십시요

학번 따지던 시절

복학 후 3, 4학년 땐
사단장쯤 된 듯이
1, 2학년을 '쯧쯧, 쪼무래기들' 했지

취직을 하니
나보다 하빠리는 없었다
쫄도 그런 쫄은 없었다
이사, 전무는 30대 조상 쯤
사무실 빌딩 엘리베이터 박스는
타는 순간 사지를 마비시키는 냉동고

사단장 시절이 생각나 교정을 서성이면
뒷통수 어디쯤에서 학번 딸리는 녀석들이
'형'할 것 같지만
바람소리 조차도

그깟 1, 2년 차이가 뭐라고

하이라키Hierachy라고 들은 건 있어서
권력으로의 의지,
표 안 나게 앞장 세웠어도
안 되더라

역사는 비슷이 도는 거라지
그러니 지금도 캠퍼스에는
신임 보직 군단장들이
얼마나 우쭐대고 있을까

빵 한쪽 주고 왕창 피 뽑아가는
헌혈차 같은 교문 밖 물정도 모른 채

책들

들춰보지도 않은
빼곡히 꽂혀만 있는 책들이
안 볼 거면 치워달라고 한다

이 게 돈이 얼마고
언젠간 볼 거라지만
점점 소용은 없어지고
슬슬 치워줘야

사실, 그 많은 책은
애당초 필요하지도 않았어

잘못 낀 단추

저녁에서야 손 씻다 거울을 보니
이런, 남방의 밑 단추를 올려 끼웠어

종일 왠지 거북했어
바지 지퍼는?
내가 자주 그러거든
다행히 제자리

아휴, 삼돌아 띨띨한 놈
이러고도 내가 누굴 가르쳐
강의 없는 날이길 망정이지

단추라는 존함의 선생께서
오늘 큰 가르침을

눈으로 만든 캔버스

판자 사방 가녁에 얇은 테두리를 대고
눈을 붓고 얇게 다져
흰 화판을 만들고
붉은 해를 그렸었지

판자와 테두리를 떼어내면
온전한 눈캔버스 위에 그린 그림

녹아버리면 헛 일
냉장고에 넣어 뒀지
갑자기 정전
시뻘건 물감이 냉장고 안을 범벅

들으면 멍청하다 할 거고
괜한 짓거리라는 걸 내 모르진 않았지만
눈으로 캔버스를 만들어 그림을 그렸었다

어쩌면 내 하는 전수가

그럴싸해 뵈는 그따위 눈 그림일지라도

앞으로도 아마 난 또 할 거야

친구 영석이

사실 두 살이나 나보다 많으니 형뻘이지만
입사 동기로 만나 그냥저냥 친구가 돼

말이 좋아 대기업이지
회사 공기는 늘상 서늘해도
우리는 물정 어둔 푼수들이었지
난 달랑 4년, 승질 못 이겨 때려 친 회사
영석인 30년에 중역까지 갔었으니
안 봐도 뻔했을 수고
박수 쳐줘야

집 방향이 같아 술 떡이 돼 한 택시 타던
다음 날 출근해 또 아웅다웅 대고
베이지색 코트 유니폼처럼 입던
초짜시절이 그리운 것은
세상이 그리 야박할 줄은
짐작도 못해서

30년 너머 만나 너절거린 얘기
어디서 무엇이 돼 다시 만날 것도 없어
니도 내도 구석구석이 헐고
정수리 머리털이 다 빠지고 나서야
살아보니 별 거 없고
다 버리고 갈 거라는 걸 알게 돼

다시 돌아가라 할리도 없지만
다시 가라면 칵, 퉤, 침이나 한 사발

이보게 친구
그때 미안했네

재수가 없었어

똥통 대학에 빽도 돈도 없던 내가
작은 회사 두어 군데 떨어지고
이런 젠장, 덜커덕 붙은 첫 직장이 대기업
그것도 '공채 1기'로
일 많고, 말 많고 살벌했지
맹한 밥투정이 아니라
월급 몇 닢 더 받는다고
명문대 나온 놈들 밑구녕에서
뼈골이 빠졌지

있을 데가 못 돼
쬐깐한 데로 옮겨 대장질하며 그럭저럭 지내다
지금의 학교로 왔지만

와보니 웬걸, 여기는 말 빨 깨나 하는 죄다 박사여
빤빤히 노는 타 대학과는 완전 달라
신설 대학 '교수 공채 1기'

몇 년은 잡부 겸 선생이었지
남들은 대신이라도 하겠다고 하겠지만
어째, 가는데 마다 첫 빳따냐
운빨도 지지리도 없었지

친구들 보면, 영감님에 CEO에
젊어 내가 놀 때 니들은 개고생했으니
재수 아닌 실력이겠지만 그래도 부럽다

게임 아직 안 끝났다고
왕초 한번 해보고 싶었지만
여적지 가는 똥이나 길게 싸고 있다, 나는

학교로 오기 전의 마지막 직장은
4년 뒤 IMF 때 부도나 망했으니
그래도 내게 재수가 개미 오줌만큼은 따랐었나

선생이란

중학교 때 한 분, 고등학교 때
훌륭한 선생님이 몇 분 계셨지
이상한 전류가 선생님 곁을 싸고 있어
가까이 가면 안 됐다
부르르 떨게 되기 때문에

턱 버티고만 있어도 후광이
그쯤 돼야 先生이지

희한하게도
10년 가까이 다닌 대학에는
전기 뿜는 선생이 없었다
방전이 돼 버렸는지

나도 선생이지만
충전 소켓마저 못쓰게 됐을지도

oh captain, my captain

아무 날도 아닌데
죽은 시인의 사회
captain, my captain을 만년필에 새겨
졸업생이 보내줬다

날더러 키팅선생[1]이라…
그전에는 살짝 비스름했을지 몰라도
지금은 아니라는 걸 내 양심이 알지

내일부턴 이 펜으로 출석 체크하고
성적 매기기로 했다
미안해서라도 오래 쓰게 될 거야

---

1) 미국영화 '죽은 시인의 사회(1989개봉)'의 주인공인 영어교사

다음엔 음악선생

한 반에 60여 명 버글버글 대던 중학교 때
예능교육이 제대로 일리 없었지만
파바로티처럼 배불뚝이 음악선생님을
별명 붙여 놀려대며
그래도 그때 배운 왈츠니 모차르트니 덕에
내 서른 지나 마흔 넘어
음악이 좋아져
일흔 돼 가도록 악기가 좋다

미술선생은 이번 생에 해봤고
하늘이 내게 재능을 줄지 어떨지 모르지만
다음 생엔 음악선생 한번 해보려

그림으로 그랬듯이
피아노 쳐주며 참한 여선생 하나 꼬셔
도회지는 지겨우니 외진 시골 어디나
낙도면 또 어때

대가리 큰 놈들은 말들 안 들어먹어 힘들고
꼬맹이나 철부지들 가르치는
내 중학교 때 같은
음악선생을 해야겠다

해서, 다음 생에도 부자 되기는
애진작 글른 거 같다.

상장

상장, 감사패, 공로패, 메달들
십여 개가 책장에
그때 수고했다고
별 의미 없는 날짜가 적혀있어

쟤들은 모를 거야
내가 얼마나 꼼수를 썼는지를
대강 대강 했는지도

남사스러워 다 내다 버려야 할 것들

손목시계

별 필요가 없어 안찼지만
오랜만에 차 본 손목시계
큰애가 지 월급보다 비싼 시계를 사 와

판촉물로 막 찍어낸
중국산 2만 원짜리가
내겐 딱인데

무겁다, 차는 건 팔뚝도 어색해
가슴이 무거운 건
너 만할 때 내 신입사원 시절이 생각나

녀석이 내 손목에
쇳덩어리 올가미를 씌웠어

A or F

내 교재 표지
잘한 거 아니면 못한 거고
어중간한 B, C, D는 없다는
열심히 안 하면 돼진다고
강의 첫 시간, 첫 페이지부터
공포로 녀석들 군기 잡느라

한 반 학생 거의 다를
A를 주기도 F를 준 적도 있지만
제대로 한 건지는

A 받은 놈들보다
혼쭐 내준 졸업생이
전화도 많고 더 자주 들리니
희한한 일이지

점수가 인성과 비례하지는 않아

다음 학기부턴
표지 설명을 바꿔야 할 듯
지식이 아니고 지혜와 지성이라고

내가 그럴 자격이 있나
이놈들이 혹시 따지고 들면 큰일이네

아하, 그럴 땐 나만의 묘수가
"학생, 대단히 좋은 질문이네.
질문에 대한 설명은 다음 주에,
오늘 강의는 여기까지…"

403호

28년 들랑거린 여덟 평짜리
송담관 403호 내 연구실
재산인양 들이던 책 들
담뱃내 밴 잡동사니 들

책장, 책상, 소파는 자리를 바꾸지 않아
처음부터 지금까지 같고
복도의 소란스런 아이들 첫해부터 저랬지

MT 몇 번 좇아갔다 오고
방학 전 성적 몇 번 내고 나니
팔뚝만 하던 은행나무는 아름드리
언쟁하던 동료들도 희끗한 노교수
안 올 거 같던 퇴직이 코 앞
이 방은 연장 불가인 공짜 전세라

얼마 있어 비워줘야

청소도 자주 안 해 구석은 먼지 투성
벽엔 새 달력 박던 못 자욱이 다닥
책 보고 낮잠 자고
안마의자에 전망 좋은 별장이었지

은사들도 퇴직 때 그랬을까
너저분한 연구실을 아쉬워했을까
아닐 거야, 후에도 일이 많으셨으니

나도 일은 많아, 산더미로
열두장짜리 올해 달력도
이제 달랑

04

손톱의 의미

할머니 생각

　아무런 돈벌이도 못하던 내가 대학 2학년이던 여름에 할머닌 돌아가셨다. 그러니 벌써 40년 가까이 세월이 지났는데도 할머니가 보고 싶다. 나도 이제 곧 할머니가 돌아가시던 나이가 될 것이고 할아버지가 될 날도 멀지 않았는데도 말이다. 한없이 내려만 받던 사랑에 대한 보답을 못해 더 그리운 것인가 보다. 아직은 그래도 등산이며 성당에서 봉사활동도 하시는 어머니, 아버지께 용돈 한 번 제대로 드린 적 없어 불효이긴 매한가지지만 부모님 보단 솔직히 할머니 생각이 더 하다. 할머니를 단 하루만이라도 모셔 봤으면 원이 없겠다. 다만 한 시간만이라도 가능하다면, 그 한 시간이 내 삶 남은 생의 반년을 줄여야 한다면, 맞바꾸고라도 할머니를 만나고 싶다. 빳빳이 풀 먹인 한복 한 벌 해 드리고 흰 버선에 옥색 고무신을 신겨드리고 싶다. 그저 좋아하시던 식사 한 끼만이라도 사드리고 싶다. 거북 등처럼 거칠고 갈라진 할머니 손을 한 번만 잡아보고 싶다.

　그런데 사실, 돌아가신 할머니를 한 번 만났었다. 몇 달에 한 번씩 가끔 꿈에 보던 할머니가 아닌 분명한 생시였다. 재작년 할머니 산소를 이장하면서 묏자리서 꺼낸 할머니 얼굴을 봤다. 몇 십 년 동안 대부분은 흙으로 변해 없어졌지만 유골 중 할머니 머리는 비교적 그대로였다. 머리 윗부분에 할머니의 흰 머리카락이 더러 붙어 있었다. "할머니 큰 손주 영성이예요. 안녕하세요" 장갑을 벗고 맨손으로 할머니 머리에 묻은 흙을 털어내며 인사를 하는데 눈물이 났다. 너무 할머니가 반가워 유골을 한참이나 안고 있었다. 식사 대접은 못 해 드렸지만 그래도 난 잠시 행복했었다. "우리 할머니예요. 내가 학생 때 돌아가셨어요. 졸업해 취직할 때까지 몇 년 만 더 사시지" 하며 중얼대는 내 혼잣소리를 분묘 이장을 돕던 일꾼들은 들었을 거다. 이후 유골은 화장을 해서 수목장을 해 드렸다. 아무튼 할머니께서 돌아가신 이후 그날 딱 한 번 할머니를 뵀었다.

내가 다섯 살 때 돌아가신 할아버지에 대한 기억은 거의 없다.

할아버지가 독자이셨는데 아버지도 외아들이시니 할아버지는 3대 독자인 나를 금지옥엽으로 키우셨다고 어머니께서 가끔 지나는 말로 얘기하셨다. 할아버지는 놋 주물품을 만드는 장인이셨고 유기 공장을 직접 운영하시던 때라 집안 형편이 비교적 넉넉했다 한다. 시쳇말로 금수저는 아니어도 은수저쯤은 됐을 거라 생각된다. 할아버지께서 갑자기 돌아가시니 공무원이던 아버지는 쇳물

일을 전혀 모르셔서 가업이던 유기 공장을 접게 되었다. 이 무렵이 5·16으로 정권을 잡은 박정희 군사정부 시절이었는데 아버지는 공무원마저 할 수 없게 되었다. 이후 우리 집은 아주 급격히 쇠락하게 된다.

50년대 저개발국에다 부정부패의 전형이었던 자유당 정권 때 아버지는 특수부대에서 군 생활을 하고 있었는데 6.25전쟁이 나자 할아버지는 아들 목숨이 위태롭다며 여기저기 줄을 대서 병역을 마치지 않은 상태로 아버지를 군대에서 억지로 빼냈고 전쟁이 끝난 뒤 아버지는 공무원이 되셨다. 박정희 군사정권이 들어서자마자 군 미필자를 공무원에서 배제시키는 숙정작업을 하는데 아버지는 결국 군 미필자로 공직에서 쫓겨나셨다. 유기공장의 폐업에 이어 엎친 데 덮친 격으로 공무원이던 아버지마저 실업자가 되었던 것이다.

갑자기 기운 가세로 우리 집은 도시빈민 같은 생활을 하게 되는데 어려운 생활은 좀처럼 나아지지 않고 계속되었다. 60~70년대가 사실 모두가 가난한 절대빈곤의 시대이긴 했어도, 많은 수의 사람들이 기회와 노력으로 중산층을 형성하기 시작하던 때였는데 우리 집은 예외로 여전히 어려웠다. 이렇게 우리 집이 어려웠음에도 나는 대학에 갈 수 있었다. 노력도 있었지만 행운이 더

컸다. 나는 과외공부 한번 받은 적 없었지만 중학교 때 공부를 곧잘 한 편이었고 고등학교도 당시는 명문 축에 속하던 덕수상고를 졸업했다. 상고는 취업이 목적이지만 재수를 해서 어렵게 대학에 갔다. 지금의 상계1동 일대에서 대학생은 몇 안 됐다. 이주한 철거민 촌, 도시 외곽의 저소득층이 살던 슬럼가에서 돈 많이 든다는 미술대학을, 그것도 부잣집 딸내미들이나 다닌다는 홍대 미대를 다니는 학생은 나 외엔 없었다.

할머니에게 나는 돌아가시기는 날까지 맏손주, 귀한 장손이었다. 철없던 그 손주는 장가를 가고 애를 낳아 키우며, 손주 공부 잘한다고 동네방네 자랑하시던, 할머니의 고마움을 깨닫게 되었다. 중 고등학교 시절, 도시락을 싸면 동생들은 평소 먹던 반찬을 주고 내 도시락에는 동생들 몰래 항상 밥 위에 달걀을 얹어 주셨다. 당시는 달걀이 지금처럼 흔하지 않았다. 내가 대학 때 어머니와 아버지는 집 근처에서 양계장을 운영하셨고 닭과 병아리를 돌보느라 계사 한 켠을 숙소로 만들어 그곳에 주로 계셨다. 할머니께서는 나와 동생들 셋을 돌보시고 식사며 빨래 등 집안일 대부분을 맡아하셨다. 힘든 노년을 사셨다. 대부분의 사람들이 어렵게 살던 시기라 궁핍한 생활이 뭐 대단할 것도 못 되었다. 다만, 이러저러한 핑계로 돌아가시기 전 까지 좋은 옷 한 벌 못 해 드렸던 할머니가 너무 그립다. 포천, 철원 쪽으로 낚시를 다닐 때는 의정부 지나 송우리 천주교 공원묘지에 할머니가 누워 계셔서, 돌아오는 길에는 가끔 들러 소주 한 잔 따라 드리고 절 올리고 오곤 했었다.

할머닌 처녀 적부터 오른 겨드랑이에 손톱만 한 혹이 있었다고 한다. 연세가 드실 동안 별 탈 없었는데 갑자기 혹은 주먹만 하게 커져 원자력병원에서 진찰을 받았다. 다행히 악성이 아니었다. 활동하는데 불편할 정도로 커진 혹을 제거하는 게 좋겠다는 의사의 권고와 할머니의 의향에 따라 혹 제거 수술을 했다. 경과도 좋았다. 그런데 이후 1년여 지나 혹이 다시 커졌다. 암 치료 병원을 다시 찾았지만 이미 악성 종양, 피부암으로 전신으로 전이가 된 상태였다. 손 쓸 방도가 없었다. 피부암은 피부가 썩는 병이다. 썩는 냄새가 역해 보통 사람은 1분을 견디기 힘들 정도로 참기 어려웠다. 환부를 소독하는 게 할 수 있는 치료의 전부였다. 두어 달 후 할머니가 돌아가셨다. 가시는 날 우리 식구 중 아무도 임종을 못 봤다. 얼마나 쓸쓸하셨을까? 분명 마지막 하실 말씀이 있으셨을 텐데… 죄스럽고 통탄스럽다. 마지막을 못 지켜드려……

할머니가 누워 계시던 비닐 장판 밑에 4만 몇 천원이 있었던 것이 기억난다. 지금 돈으로 환산하면 50만 원쯤 되는 돈이다. 한 식구가 괜찮은 곳에서 식사 한 끼 할 수 있는 정도의 돈이다. 그 몇 닢도 당신은 아까워 못 쓰시고, 동생들 없을 때 맏손주에게만 천 원씩, 오백 원씩 주시던 돈이다. 나는 지금도 그 생각을 하면 숨을 깊이 쉬어야 한다. 할머니의 내리사랑을 그때는 몰랐다. 이제 생각하니 너무 감사해 잊을 수가 없다. 아무것도 못해드려 더 뵙고 싶다.

할머니는 형제 중 막내여서 성함을 김막덕으로 지었다 한다. 얼마나 멋진 성함인가 말이다. "할머니 그때는 철이 없어 몰랐어요. 할머니 너무너무 고맙습니다. 할머니, 제가 아들 만 둘 낳았어요. 두 놈 다 착하고 공부도 잘해요" 내가 저승 가서 할머니를 만나면 제일 먼저 할 말이다.

오늘은 아버지, 엄마한테 안부 전화나 한 통 드려야겠다.

2014년 9월

할아버지

흰 바지저고리에
콧수염 수북이 멋지신
딱 한 장 남은 사진은 영정影幀
내가 다섯 살 때 돌아가셔서 별 기억이
손재주가 필요한 유기장柳器匠 이셨지

38선 너머 지척인 고향 해주
걸음마 배운 내 어깨에
플라스틱 물통을 메주고
이 놈하고 갈 거라고
공원으로 손잡고
손주 자랑 다니셨다고

할아버지만은 못해도
물려주신 재주로
이만이라도 먹고 산 거야

쉬 자라는 수염
귀찮아도 주신 거니
간수야 할 수 있지만
그 물통을
다시 구할 수만 있다면

이북 종자와 국수

그 옛날 할머니는
내가 국수를 잘 먹는 게
이북 종자여서라고

보리밥 싫다 저녁 굶고
고집에 골을 내
할머니를 이겨 먹었어
또 핏줄 타령을 하셨지

이북 종자가 아니어도
그 전, 끼니 거를 때
국수만 한 게 없어서였겠지만

멀건 간장 국물에
별 맛은 아니었어도
할머니 국수

내가 생각해도 난

국수 고집만은 센 편이지

아부지

엄마와 싸우고 막내네 집 나와
만 오천 원짜리 지팡이 한 손 짚고
삼복엔 공짜 지하철이 젤 시원하다는
구순 다 된 생고집 노인을
어르고 달래 간신히 데리고 왔다
세상 두 쪽이 나도 그럴 순 없지

자유당 때는 지금의 통계청 공무원, 전기기사,
사과장수, 데모도 목수, 양계장, 생각나는 것만도
직업이 여 나무 개였었으니
돈은 못 벌어도 게으르진 않았어

문지방 넘자마자 말 수가 많은 게
며칠은 소리소리 지를 일이 없었겠지

삼팔선 넘나들던 험한 군대 때
절름대는 저 다리로 황해도 고향 근처를

젊어서는 두 번이나 가 봤다고

식전부터 동네 한 바퀴
지루하면 좀이 쑤시는 건
나도 그러니 유전이겠지

가닥 없는 머리에 중절모는 그럴싸해
내일은 나도 비슷한 모자 하나 찾아 쓰고
아부지랑 사진 한 장 박아놔야겠다

하나가 좀 덜 늙은
쌍둥이 같겠지

엄마와 환갑 먹은 아들

어버이날이라고
코빼기나 보인 아들에게
"아들 환갑까지 산 애미가 어딨냐?" 며
팔순 넘긴 엄마는
밥 해줄 테니 먹고 가라는 걸
그냥 왔다

애진작 효는 글러먹은
비 오는 개울가 청개구리 새끼는
엄마가 죽어야만
또 그 안 먹은 밥이 설워
물가에서 목 내놓고 울어대기나 하겠지

장모님이 주신 구두

해마다 내 생일이면 신 사 신으라고
돈을 놓고 가셔
사위가 하나뿐이라고

어느 집 장모는 사위가 수십 놈 되나요
다른 집 장모는 사위 신발 신경 안 써요
장모님

어느 핸가 객지서
죙일 돌아다니다 앉아 쉬며
땀 찬 신발을 벗고
이 구두 참 편하다 했지
장모님이 주신 진갈색 캐주얼화

그래도 아직 벌이 하는 사위인데
해 드린 것도 없어
염치도 모르는 저놈의 구두

늦잠

나이 들면
방광이 문제인지 전립선이 문제인지
아무튼 오줌발은 짧아져
늦잠을 자고 싶어도 잘 수가 없어
일찍 깰 수밖에
조물주의 심술

늦잠이야
자도 그만 못 자도 그만
늙으면 얼마 안 남았으니
덜 자고 더 살라고
하늘이 베푸는 선심

일없이 일찍 깬 멀건 눈이 나은지
뒤척여 부스스한 벌건 눈이 나은지
나는 잘 모르겠고

할미꽃

할매는 아랫배가 볼록한 게
막내딸이 차려 준
찬 없는 저녁이라도 먹고
서럽고 고마워하다
체한 게 틀림없어

큰 사위 집, 둘째 딸네 집에는
할미꽃아 피지 마라

못된 딸년들 보라고
한식 무덤가에 피는
팔뚝 뽀오얀 할머니 꽃

한 잠 자고나면
할미 배는 푹 꺼져
자홍 꽃, 손 벌려
내 놀 테니

시니어 모델

폼 내는 모델이
옷 깨나 팔아먹자니 그리해야

늙은 모델이여
발길에는 그 사람의 인생이 있거늘
나이 팔아먹는
약장수 같소

좀 살아 본 노인은
목발을 짚어도
품새가 다르다오

분노조절장애와 의로움

안철수가 정치인이 되기 전, 회사 사장이던 시절에 TV에 나와 했다는 말이 있다.

"나는 평생 직원들에게 화를 내 본 적이 없다"

도저히 이해가 되질 않았지만 그때의 그는 거짓말할 사람이 아니었다고 믿었기에, 이해심 많고 온화한 품성이 부럽기까지 했었다. "이런 사람도 다 있구나" 하며 말이다.

나 같으면 턱도 없는 일이다. 능력도 없으며 게을러터지고 게다가 실수까지 자주 하며 월급만 축내는 아무짝에도 쓸모없는 직원이 있다면 화가 안 나겠는가?!

나였으면, 화내기 전에 잘라 버렸을 것이다. 도저히 볼 수 없었을 것이다.

염치도 없고 철학도 없는 쓰레기 같은 정치인, 청치 평론가 등 쌍판때기 두꺼운 놈들이 TV에 보이면 나는 2초 이내에 채널을 돌린다. 빤한 거짓말을 대단한 애국자인양 국민이, 나라가 어떻고 하며 떠드는 그런 자들을 보며 밥을 먹으면 울화가 치밀어 소화가 잘 안 된다. 내 손에 리모컨이 있는 한 다른 데로 돌린다. 그런 새들은 집에 가는 길에 교통사고나 나 다 뒈졌으면 좋겠다. 누가 나 대신 없애 버렸으면 좋을 정도다. 진짜 그게 내 심정이다. 내가 참을성이 부족한 것인가?!

거짓말을 입에 달고 사는 사기꾼 같은 놈들이 많다. 동전 한 푼도 손해 안 보려 하는 지독히도 이기적인 사람이 사실 대부분이다. 상식이 통하지 않고 타협과 양보라는 걸 전혀 모르는 머리에 물욕으로만 가득한 종자들이 널려 있다. 소득 불균형의 문제이고 초등교육, 가정교육 등의 포괄적 문제의 결과이다. 인간적인 아름다움을 찾을 수 없는 어쩌면 동물의 본능과 교집합 하는 부분이 넓은, 이런 인구들과 필연적으로 같이 살아야 하는 삭막하고 어려운 세상에 어찌 참고만 살 수 있나?!

이런 자들과 이해관계가 상충될 때, 그래도 화가 안 나나? 화가 안 난다면 부처님 반 토막이어서가 아니라 무감한 성격 때문이다. 태생이 그런 사람이기 때문이다. 주변에 더러 있다. 헌데, 나는 그렇지가 못하다. 그러면 나는 분노가 많은 것인가?! 혹시 '분노 조절 장애' 뭐 그런 건 아닌가?! 그렇다면 정신병 아닌가!

아니다. 나는 지극히 정상이다. 내가 말하는 분노는 소소한 감정의 상함을 통제하지 못하고 이성적 판단 없이 무작정 감정을 행동이나 폭력으로 표출하는 것을 말함이 아니다. 상식과 가치 기준에 반하는 것에 대한, 가능한 범위 내의 통제된 반작용을 의미하며, 이때에도 원인에 대한 설득과 숙고의 단계를 필히 거쳐야 함은 물론이다. 그럼에도 대부분의 분노의 원인은 완화되거나 설득되지 않는 것이 일반적이다. 그렇다 하더라도 물리적 압박이나 폭력, 불법은 안 된다. 이런 태도는 더 큰 분노를 부르며 결국은 해결 불능 상태까지 이르게 되기 때문이다. 분노는 이성적, 논리적, 합리적이어야 하며 적법한 합목적성이 있어야 한다.

부숴도 죄가 안 되는 건물이나 물건이 있지만 다이너마이트나 폭탄 같은 것을 구해서라도 나는 다 터트려 때려 부수고 싶을 정도로 화가 난 적도 있다. 죽이고 싶도록 싫은 놈들이 아직도 내 속에 몇 놈 있다. 법에만 걸리지 않는다면 단 1분도 망설이지 않고도 흉폭한 짓을 실행할 수도 있다. 하지만 파괴나 험악한 짓을 한 번도 하진 않았다. 모두 불법이니 참고 말았다. 솔직히 무의식적으로 손찌검을 한 적은 몇 번 있어도 경찰서 불려 간 적은 다행히 없다. 그런 걸 보면 나도 어지간히 잘 참는 편이니 분노 조절 장애는 분명 아니다. 다만, 불편부당한 상황에 대하여 다른 이들

보다 더 힘들어하며 참으려하지 않는 경향이 좀 더 큰 편이라고 인정한다. 다시 말해, 불편의 원인을 해결하려고 좀 더 진력하는 편이다. 쉽게 말해 파국이든 해결이든 끝장을 봐야 개운해지는 성격일 뿐이다.

그러면, 그렇게 부당함을 참지 못 한다면, 나는 정의로운 사람인가!? 잘 모르겠다. 하지만, 광화문 사거리에서 신나 뿌리고 분신하는 것만이, 40일 간 물만 마시고 단식 투쟁하는 것만이 의로운 것이 아니라면, 정의와 비겁이 같이 있는 일직선상에서 나는 그래도 정의 쪽으로 좀 더 가까울 것 같다. 그렇게 살다 가고 싶다. 그래서 나는 보통의 쓰레기, 식충들보다 부당함에 대한 반작용이 많다고 하는 게 맞을 것이다.

직장 다니며 야비한 자, 기회주의자, 아부꾼들을 많이 봤다. 교수라는 족속 중에도 지성의 표상이 아니라 오물 썩는 내가 진동하는 자가 많다. 이런 인구들과 나는 마주하지 않는다. 내 기준과 상식에 반하는 인종들과는 같은 공간에 있기가 거북하다. 그들이 숨 쉬며 내뿜은 것이 산소일지라도 더러워 내가 되 마시기 싫다.

아이들 데리고 처음 간 가족여행이 패키지여행이었다. 여행사

가이드의 횡포와 불합리를 끝까지 네댓 달 동안 따져, 기어코 여행사로 부터 보상받고 내가 이겼다. 일행 중의 전부는 안철수 친척들 이어서 인지는 몰라도 본사에 항의하자는 내 말을 무시하고 다 감내하더라. 나는 도저히 그대로 넘어갈 수 없었다. '똥 밟았네, 재수가 없어서' 하며 포기하고 마는 게 옳은가?! 시시비비를 따지는 게 맞는가!? 나는 단연코 내가 정답이라 생각한다. 여행사에 보낸 세세한 내용의 내 항의문은 그 후 그 회사의 가이드 교육용으로 쓰인다 들었다. 몇 년 후 MBC에서 내 경우를 피해사례 해결 사례로 인터뷰하고 싶다 해서 응하기도 했었다.

  잘못된 조례 때문에 억울한 피해를 당해 조례 개정을 요구하러 시청, 구청을 여러 번 갔었다. 국회의원 사무실에 하소연을 하고 시장 면담을 요청하는 등 끈질기게 물고 늘어져 일 년여 후 조례가 개정 됐다. 반 발짝도 물러서지 않는 무적의 대한민국 공무원을 상대로 내가 이겼다. 해결은 안 됐지만 부당하다고 여겨지는 주정차 위반 교통 범칙금 때문에 경찰서도 수차례 갔었다. 요즘도 나는 편파적인 방송에 항의 글을 보낸다. 아파트 살 때는 관리소장의 주관적, 비민주적인 행태에 대하여 여러 번 다퉜다. 모른 척하면 결국 주민 모두의 손해여서 구두로 문서로 항의해, 기어코 내가 사과 받고 시정 됐다. 전부 '분노'가 있었기에 해결된 일이다.

직장에서도 친족 간에도 이와 비슷한 일이 나는 많았다. 출발 지연으로 입은 피해 때문에 항공사와 다툰 경험도 있다. 소비자 보호원, 국민권익위원회 등 소시민을 대변해 줄 수 있는 곳의 문도 여러 번 두드렸었다. 일일이 다투는 것이 피곤하고 짜증 나지만 나는 참는 것보다 차라리 반대편을 택한다. 힘들고 시간이 걸려도 해결을 위해 노력하는 게 참는 것 보다 나는 편하다. 내가 특이한가?

이런 성향이 분노조절장애인가?

참는다는 것은 해결 과정의 힘듦을 미리 알고 포기라는 편리함을 좇는 이기심의 작동에 불과하다. 불편부당함을 수긍하고 마는 것은 쥐새끼 같은 약삭빠름이고 나는 쥐가 아니기 때문이다.

달리 말하면 '화'가 많기 때문이다.

범죄심리학자들은 뇌의 전두엽이 어떻고 호르몬 이상이 어떠니 하며 분노를 설명한다. 그 정도 되면 그건 벌써 병리적 현상으로 봐야한다. 나는 연쇄살인범도 아니고 별이 여 나무 개 되는 전과자도 아니다. 학자들의 얘기와 보통의 합리적 사고와 행동을 하는 사람이 상식에 반하는 것에 대하여 화를 내는 것과는 별개의 문제다.

재활용도 불가능한 쓰레기 같은 인간들, 벌레로 칭해 마땅한 족속들이 드글드글한 세상이다. 이런 자들과 섞여 사는 환경에 어찌 분노가 없을 수 있을까? 불가하다고 본다. 불합리를 보고도 참기만 한다면 인정하는 꼴이 되고 인정은 굴종이 될 수 있다. 억울함을 참는 것은 비겁이다. 야비함이다. 이기심이다. '이 건 아닌데' 느껴지면 순서 껏, 할 수 있는데 까지는 해봐야 한다. 하나면 하나지 둘은 아니오, 다퉈야 할 경우 피하지 말자. 이기려면 건강한 분노가 절대적으로 필요하다.

분노는 바르고 이성적이며 적법함을 유지한 노여움을 이른다.

『 혈기에 찬 분노는 있어서는 안 되고
   의로움과 정의에 찬 분노는 없어서는 안 된다. － 주자－ 』

2019년 5월

내 옆에 살아있는 것들

세익스피어는 많이도 죽였지만
웃겨주는 몰리에르가 낫지

어느 가수는 가을 우체국 앞에서
아름다운 것들이 사라진다 했지

임종을 앞둔 누군가는
또 다른 탄생이라 했지만
뭐 좀
있어 보이게 하는 소리지

내가 좋아하는 것들아
개똥밭에 굴러도, 관 뚜껑 밑이라도
명줄만이라도 붙어있기를
물론 나라면 싫겠지만

내 옆의 생명들아

기분 좋은 이별은 이 세상에 없어

나 죽기 전까지는

하나라도 가지 말거라

자기소개서

새끼들에 평생 칭찬 한 번 안 했다
손님 치른 마누라에 고맙단 말조차도
그렇더라도 난 그대로라고

아파도 신음소리 안 냈고
막막해도 헤집어 나왔고
공포에도 떨지 않으려 했다
버틸 수 있다고

심한 지방색, 배타적인 종교는 싫고
돈만 밝히는 몇 직업군을 혐오한다
순탄치 않은 가족 이력에도
고칠 수 없는 편견이 있다

독하다는 소리를 많이 들었지만
누굴 해하거나 피해 준 적 없다

과거에 산다면

고기 잘 잡는 어부이고 싶고

금생今生에선

밤잠도 없으니 외진 섬 등대지기였으면

내생來生에선

집채만 한 고래로 북극부터 대양을

혼자 휘휘 돌아나 다녔으면

희한한 이 인간은

꽃 한 번 사본 적 없다

인심 좋은 봄비

선생이란 양주는 바지런도 별나
꼭두 먼동이면 나와
엄두도 못 낼 돌자갈밭을
맨손 호미 하나로 수삼년을 갈아엎어
억척인지 무모인지
산신령도 내다볼 판

두 딸 다 교대 보냈다는 자랑질에
큰 목청에 말 수는 또 얼마나 많은지
동네서도 혀 내두르는 밭주인은
고구마 한 톨 물어가는 강아지에게
역정에 돌팔매, 인색도 지독해
쭉정이도 나눈 적 없지만
옥수수 깨 땅콩은
고랑고랑 디디고 잘도 잘도 크네

내 땅 여기까집네 표시해 논 돌무더기에

남의 경운기야 자빠지든 말든
저승 갈 때 저 땅
둘둘 말아 이고 갈 심산지
노루망 두르느라 눈길 한 번 없이
몇 뼘 채소 치길 사생결단하듯 하니
돌밭 새 꺾어 심은 철쭉도
안 폈단 난리나

밭이 뭔 죄냐만 맘 같아선 봄비가
저 밭때기만이라도 가리고 내리지

아서라,
인심 좋은 봄비는
너나 나 얄상한 영혼들
콩밭, 인삼밭 가리지 않고
우리 집 지붕 저 집 밭에도
허물 덮어주듯 너그러이

토닥토닥 다듬다듬 뿌려주네

태양광 판넬

전기세 몇 푼 아낀다고
마당 앞에 태양광 판넬을

창문 열면 후련하던 경치
시커먼 판때기가 가려
뜯어 버릴 수도 없고

인위人爲의 부작용

송전탑 풍경

산꼭대기며 등성이에
부딪히면 돈 들어가니
헬기 걸리지 말라고
발광 뺑끼 칠 한 희멀건 흉물이
달빛에 줄줄이 서서

야트막한 산과 골 빼어나
죽어서 살기가 더 좋다는 용인에
자랑할 게 없어
국내 최대, 최고압 전깃줄 쇠 탑이
저것들 언제 죽나 내려다보며
죽기 전에 시묘살이 먼저 하나

낮에는 마징가 제트
두 주먹 쥔 겁주는 자세
밤엔 횟가루 포대 뒤집어쓴
소스라칠 유령

쓸데없는 소리 말고
싼 맛에 땅값 보상 다 해줬고
근거 없으니 전자파 걱정 말라고

어디, 당장이야 암 걸려 죽겠어
품격이라 곤 없는
천하디 악랄한 자본의 인정머리

철탑 주인은 오래 살 거야
얻어먹은 욕 때문에라도

전기 남아돈대믄서
필요인지 잉여인지

사북의 운무

온 나라 36년 훑어간 대일청구권
사꾸라 독립투사도 80억 불이라 했던 것을
왜와 친한 아저씨가 종필이 시켜
폭탄 세일가로 받은 3억 달라도
오히라는 배상이 아니고 독립축하금이랬지

양키들은 언제나 반도에는 적당히
길쭉한 섬나라엔 극진한 이유는
퉁명스런 우리보다 살랑대는 니혼징이
더 이뻐서는 아냐
장사치의 잇속 때문

월남 간 군인들 모가지 값에
중동 특수 때 인력사무소 차려 번 떼돈
대가리 잘 돌리는 몇이서 고물 좀 만졌겠고

현지에 눌러 산

파독 간호원은 다들 살만하지만
쌀, 반찬값 빼고 봉급 다 부쳐
삼 년 뒤 돌아온 광부는
몇이나 그만했을지

탄 캐는 거야 강원도 사북이나 in Germany나
수천 미터 지하 삶 뭐가 달라서
유럽의 중산층으로
여기는 진폐증 환자로

모로 가도 서울만 가면 되나
방향이 서울은 맞는지
이만 큼 사니 찍소리 말아야 되나

정치인과 정치꾼의 차이인지
피가 덜 묻은 민주주의 때문인지

서민 등짝을 침목으로 깔고
후진기어 없이 달리는 자본주의라는 철마

죽 사발이나 하나씩 들고 빙 둘러앉아
헤벌쭉 눈 풀린 사회주의
다 시원치 않아
산뜻한 거 언젠간 나온다는데
뭔 기미라도 있는지
누가 속 풀리게 설명이라도 좀

허가받은 야바위판
산꼭대기 번지르르 지은 리조트에서
막장 나온 탄부들의 핏내 나는 입김 모인
지긋지긋하다 했을 운무를 내려다보며

또 봄이야

식전에 강아지들 데리고 나와
마당에서 아랫집을 내려다보니

두 노인네가 모종 심다 싸움이 나
할멈은 호미를 내던지고 가버려
어깨 수술했다던 할배는 궁시렁대며
저 넓디디한 고랑을 혼자 언제 다 하나

자다가도 떡이 나온다는데
내 보긴 할매 말이 맞아

겨우내 코로나 역병 뉴스만 보다
나와 본 산골 길가에
냉이 순이 쑥 자라
진즉에 또 봄이었어

코로나와 개나리

코로나 역병에
다들 어안이

난리통엔
영악한 멍청함과 지혜로움이
빤히 갈리는 법

경우에도 없는 사달은
다 인종이 한 종국이고
또 이어질 어이없음

어때? 힘드신가 하며
담장 걸터앉은 개나리
수도승처럼 내려다본다

정치 얘기

해 봐야 싸움만 나는
정치, 노가리 꾼들 얘기는 마세
쉰 살 전에 이미 쇼부 난 돈 얘기도
할 만큼 했으니 새끼들 얘기도

다들 몸이 전 같지 않을 거야
그러니 병 얘기도

지난 얘기나 하세
옛날 얘기하다 다 떨어지면
다음 생 얘기나
어데서 또 만날지

원삼 땅값

국회의원, 이장 협의체. 노인회
하다못해 콘테이너 해병전우회도 나서
용인 원삼에 하이닉스 산업단지 들어온다고
교차로, 골목, 논밭두렁까지
현수막으로 도배해
쌍수 들며 좋다더만

산단 결정 고시 나고 나니
환영 현수막 싹 걷어내고
검은 천에 '근조'가 내걸려
죽기 살기로 반대란다

반전도 이럴 수가
땅값 몇 푼 더 받아내겠다고
안면, 체면, 상식 다 몰수

고향 풍광의 시골

프로판가스통에 상여가

눈에 선하네

목숨들 걸었다고 하니

쩐의 노예 몇은

또 실려 나가겠지

성실한 분들

성실히 조사에 임하겠다고
참, 성실한 분들 많다

놀라운 유전자로
단성 생식 하는 바퀴벌레는
지들 만의 생존에 열불 내며
절대 멸종하질 않아

성실은 개나 주지

술집 네온사인

허세와 탐욕의 난장에
무감하게 조작된 관계들

햇빛 없는 거리에
스멀스멀 살아나는 절지동물

희번덕거리는 네온은
무상함을 달래려는
좀비들의 아우성

빌딩이란 무연고자 묘비에
도깨비불로

다 끝나니 또렷이 봬

히끼코모리ひきこもり[1]

무상無相과 무의미에
열정의 소비가 싫어
구도求道 중일 수도
어쩌면 성악설은 믿을지도

부대낌은 순간이요 산만함이고
기실은 이타 아닌 이기심이고

골몰과 창작엔 훼방꾼이 없어야 하니
교과서의 위인 중엔 은둔자가 많았지
누가 누구를 비난할 수야

어쩌면 히끼코모리는 오늘도
세상 깜짝 놀랄
뭔가를 만드느라
끙끙대고 있을지도

---

[1] 은둔형 외톨이

안락사

생면부지 인에게
생경한 데서
다시는 안 일어나겠다는
수면 내시경 검사
안락 할리가

생각 없이 따라 할라
아무 데나 '안락*女樂*'자 붙이지 마라
존엄에도 아니다
어디에도

잘 모르겠지만
옳을 것 같은 마감
열반이길

진눈깨비

쌓이지도 못해
반갑지도 않은 무른 눈은
먼지처럼 휘 몰며
부질없이 바닥만 질척여
이 밤, 저 산 어디서
신끼도 없는 애무당이 작두를 타나

사력을 다해 잡고 있던 동앗줄 마저
아귀힘 빠져 놔 버려
뼛가루에 붉지도 못한 허연 핏물
허공으로 흘러

얼지도 못하는 냉정으로
손등에 부딪히는 물기
차지도 못하고 쓰린 것은
밤바람 때문이겠지만

유골 가루 같은 진눈이

몹시 어설픈 것은

또 의미 없음인가

누가 알겠냐마는

김선일[1]이란 사람

간교한 음모가 있었건 없었건
이름대로 선한 사람이었을 터
코앞 칼날에 의연할 수만은 없었겠지
살고 싶다는 통렬함

아마추어들의 협상은 무위
원망과 절규도 허사
사장은 살고 직원은 죽고

이념, 영토, 생존 때문이라면
그나마 하겠지만
돈 때문에 권력이 일으킨 전쟁
아가리만 반지르르한 늙은 정치꾼들은 살고
엄한 쫄따구들과 괜한 이들만 죽는

쩌죽일 입만 산 놈들은
그날 밤 잘 잤을까

---

1) 2004년 이라크에서 무장단체에 납치되어 피살 된 군납업체 직원

떨어지는 유권자 표 계산에
잠을 설쳤을 지도

이천 년 전 황제가 쓴 책
서너 장만이라도 읽어 봐라
개소리라 하겠지만

그 후…

벌써 13년이라

어느 해 가물어 난리가 났었지

비 안 오는 게 노무현 때문이랬다

바위 오르기 전날까지도 자근자근 씹어댔지

이젠 뻑 하면 봉하마을 참배한댄다

낯짝이냐 발바닥이냐

잘한 게 뭐고, 못한 게 뭔지

난 따질 자격도 없고

그놈의 모난 정

나누어 맞을 수나 있었으면

좀 끼어 봤을 텐데

같잖은 인간 몇이나 합쳐야

그 한 사람만 하겠는지

내가 좀 좋아했던 유일한 대통령

노무현

노란 리본들

니들이 살던 옆 동네 살며
니들만 한 새끼 둔 애비고
내 애가 아니어 다행으로 여기는
야멸찬 화상畵像이
꼴에 성내고 욕하는 이유는
인두껍인지라

인본人本은 교실에만
그 바다엔 비열함만
땅 위에는 천치들과
살모사의 후예 뿐

이맘 때 일거야
개나리가 질 쯤
서로 부둥켜안은
연 노랑 봉우리들

무서워할, 원망할, 끝 인사할

잠깐이라도 있었기를

입은 벌렸어도 뭔 말을

백치 입장에

칠감七感

말 섞을 일 전혀 없었지만
주는 거 없이 기분 나쁜 놈이 있다
수십 년을 밥 한번 먹은 적 없고
앞으로도 없을
토 나올 거 같은

가끔 마주치면 눈을 더 부릅뜨게 돼
그놈이나 나나
서로 싫은 게 느껴져
놈도 나를 싫어해
분명해

섬뜩하게도 명확히 전해지는
육감六感보다 또렷한
일곱 번째 감각도 있는 듯

오늘은 지나는 김에 욕을 속으로

알아챘을까?

아니지,

저놈이 더 심한 욕을 했을지도

칠감七感도 거기까지는 못 미치는 듯

K-pop

허연 살 내 놓고 떼춤 추는 여자애들
노랑, 파란 머리 사내앤지 남장인지
문화는 후딱 만들어지는 게 아닐진대
분명 깊이 없음에 표피천착이고
갈증만 더해지는 사카린 탄 맹물
무슨 스타일하며 제 입으로 싸구려라고
춤도 노래도 영 아니야
어디 k-pop 뿐 이랴마는
삼류만은 아니길

세상이 다 잘한다고 난리라는데
나야 뭐 하나 보탠 거 없지만
아무리 다 열고 너그러이 보려 해도
마땅치 않고 도무지 모르겠다

함무라비 왕 때도 할배들은
젊은것들 못 마땅했었다지

밥 딜런, 롤링 스톤즈를
내 아버지들은 찡그렸듯이
어느새 난 꼰대여서겠지

어쩌면 내 속은
열어 놀 문이 애시당초 없었을지도

투표

항아리 깨진 거로 쫓아낼 놈 정하던
애초부터 뭐가 꼬였어
고무신짝 밀가루포대
돌리던 때보다 나아진 건지

탐욕에 눈깔이 벌건 장사치들
궤변의 타짜들과 모리배들의 몰염치
차악이라도 골라야 해서인지 맨 차차차악들
분노조절장애 유발자들

나도 나은 거 없고
생긴 거 욕하면 안 되는 줄 알지만
어째 몰골들도 그리 험하냐

한 번 더 해 먹겠다고 악을 쓰는 시시한 것들
곰팡내 나는 것들이
통째로 말아 먹는 거 몇 번 보고
난 투표 안 한다

환갑 넘도록 두어 번은 해봤다

마흔 살의 어떤 마지막

코로난지 역병인지 난리에
멀쩡히 야근하고 자다 숨졌다는 뉴스

수의는 무슨, 전염 무서워 비니루 둘둘 말아
장례도 없다 직 바로 화장 가스불 속으로
길바닥서 죽은 고라니 치우는 것 같아
망자는 구천서 뭐라 할까

뿌연 늦겨울 저녁 하늘은
비르케나우[1] 소각로 굴뚝 연기가
아직 가시지 않아선지

넌지 모르지만 이보시오 망자여
내 모르긴 몰라도 천국행일 것이오
욕이나 한바탕 해주고 가시오

---

1) 아우슈비츠 비르케나우, 독일 나치 학살 강제수용소

아, 내 40 먹던 그즈음은
온몸 갑옷으로 두르고 칼을 서너 개나 찬
누가 툭 치기라도 하면
피가 거꾸로 솟던 전사였다오

운전면허증 단가

까박까박 하는 늙은이들
교통사고 많이 낸다고 구청에서
10만원 줄게 면허증 팔란다

10만원이라…
좀 헐한 듯 한데
곧 나도 해당 돼
단가가 좀 오르려나

올라 봐야
내가 탈 전동 휠체어는 터무니 없고
좀 보태면
손자 유모차 싸구려는 되겠지

야들아
그게 아이디어냐

중도층

어정쩡하다 얘긴데
싫은 내색 못하는 무골호인이거나
판단력 결핍의 들러리들이겠지

수면내시경 주사약이 덜 깼거나
빈속에 낮 술 해 알딸딸한 아메바들
당최 분간이 안 된다면
말이 좋아 중도층이지
입맛만 버리는 스끼다시
어중뜨기는 별로 할 일이 없다

내 눈엔 맨 쳐 죽일 놈들만 뵈니
난 단 한순간도
중도였던 적이 없다

천사들

마스크 몇 장과 땅콩 한 봉지를
파출소 앞에 놓고 간 이는
마음도 몸도 성치 않다지만
천사는 천사들이 돌봐줄 테니
별 탈 없겠지

하루살이 초저녁에 윙윙대는
하필 선거철이라

가만 보면
여기저기 천사들이 반짝이는 걸
저 버러지들은 알기나 할까

monotone의 속임수

천지가 하얀 설경
다 가린 까만 밤
눈부신 파란 하늘

단색조는 그럴싸 홀리지만
여지없는 잠깐의 속임수

알록달록해도 매 한가지
빛깔들이란 어쩌면
타고난 사기꾼일지도
그래서 색色

모범시민의 질문

귀찮아도 군말 없이
예비군 민방위훈련 빠진 적 없었다
티격태격하다 경찰서는 몇 번 갔었지만
감옥소는 안 가봤다
급한 승질에 가끔 교통위반 딱지 끊지만
생돈 아까워도 벌금 다 냈고
세금 폭탄 열통 터져도 밀린 적 없다
이만하면 모범시민 아니냐

공자 맹자는 쓰잘데기 없이 주절대기만 했지
뭐 하나 해결도 못하고 죽었고
학자니 전문가니 하며 나불대는 자들
시덥지 않은 얘긴 집어치우고

뭐 하나 물어보자
인종이 언젯적부터 이토록 사악했는지
얼마나 더 악마로 진화할지나 말해봐라

생각 모자란 이 모범시민은

도통 가늠이 안 된다

사람과 투쟁

없는 이와 온전한 민주를 위해 도포자락 날리며
평생 피거품 뿜던 백발노인이 가는 날
의사협회 회장은 툭하면 총파업하겠다고
게거품 물던 날

부르조아든 노동자든 혁명가던 수꼴이던
이래저래 다 자잘한 전쟁을 하며 사는 건데

애미 애비 덕 없어도 절로 다 큰 조카 놈은
싹싹한 각시 얻어 장가든다는 날

조카야 오늘 네가 부른 축가의 사랑이란 말
장마 통 고등어자반처럼 쉬 상하는 거란다

늦겨울 같지 않아 따순 날
봄이 또 오려는 모양이지만
날씨라는 놈도 도무지 믿을 수가 없고

의협회장도 민중투사도 다 사람을 위한다고
어차피 도망 못 갈 쌈질이라면
무작정 편들어 주고 기댈만한 사람
하나는 있어야 한 세상 견뎌내기 수월하니

조카야 사랑 따윈 믿지 말고
사람을 믿거라

평등 같은 소리 하고 자빠졌네

아프리카 던 아시아 던
어디서 모여 살며부터 지금까지
피테칸트로프스[1] 던 오랑우탄이 됐건
인류가 서로 같았던 적은 단 한 번도 없었다
역사가 그랬다

벼슬이 터지게 싸우고 서열이 정해져서야
수탉 몇 마리도 조용해지고
인간사 두 명만 모여도 순서가 정해지는 법

머리가 좋든, 운이 닿든, 사기빨이든
나라비 선 앞줄 근처라야
불공정을 누리니
그나마 공평한 건 허접한 것들 뿐
인류는 단 한 명만 남기 전까지 불평등
평등 같은 건 없다
무평등

---

1) 19세기 말 자바섬 트리닐 부근에서 발견된 화석 인류

정년퇴직을 맞아

오늘은 제 차례, 기어코 이날이 오는군요.

인생사 끝이 없는 게 있나요?

축하한다는 말씀을 많이 들었는데

암만 생각해도 축하할 일은 아닌 것 같습니다.

박수 칠 것도 아닌 거 같습니다.

내일은 제가 처음 실업자가 되는 날입니다.

요란법석 떨 일도 아니니 차분히 맞이하려 합니다.

그래서 가족, 친지, 친구들에도

졸업생들 아무에게도 안 알렸습니다.

집에는 이사장님, 총장님께 인사만 드리고

보직교수들과 약식으로 끝낸다고 둘러댔습니다.

오늘도 28년 전 첫 출근 때와 같이 노타이로 출근했고,

늘 하던 대로 오후 여덟 시 쯤 운동 가던 시간에 퇴근할 겁니다.

오늘 받은 꽃다발은 사실, 제겐 그리움의 징표입니다.

교수님들, 강의실, 연구실, 교정, 다 그리울 겁니다.

주차장 옆 쓰레기통도 화장실까지도 그리울 겁니다.

그래서 받은 꽃은 다 놓고 가겠습니다.

제 연구실 문 앞에 놔두겠습니다.

한 이틀만 치우지 말아 주십시오.

뭘 할지는 내일부터 다시 생각해 보려 합니다.

원수와 한 방을 써도 정들만한 28년,

이렇게 빨리 갈 줄은 몰랐습니다.

그간 언짢고 답답한 일도 더러 있었지만,

지나고 나니 다 즐거운 기억이네요.

학교는 그간 제 잠자리를 덮어준 이불 같은 존재였습니다.

이젠 이부자리를 개려 합니다.

이사장님, 총장님 감사했습니다. 감사합니다.

학교가 어려울 때 도망가듯 먼저 떠나 한편 송구합니다.

우리 대학이 더 발전, 유구하길 희망합니다.

교수님들 안녕히 계십시오.

어느 독설가가 유언으로 "부질없다, 관대하라" 했다네요

그간 할 말이 있었지만 좀 모른척해도 큰 지장 없더군요.

전창호 교수님, 고희청 교수님, 박상규 교수님, 이병채 교수님

건강하십시오.

댁내 평안하시길 바랍니다.

감사합니다.

용인예술과학대학교 시각디자인과 김영성

2022년 5월
미리 써 놓은 정년퇴직(2022년 8월 31일)의 변辯

49번째 방학

1학기 종강을 하고
따져보니 마흔아홉 번째 방학

남은 방학이 여섯 번이지만
십 년 강산 몇 번 바뀐 세태에
심정도 거덜 나

책도, 글도
특강, 자문, 용돈벌이도 귀찮고
고물이라 이젠 불러주지도 않아
방학엔 뭘 할까
계획이 없다

이번 여름 동안엔
궁리나 해봐야지
겨울방학에 뭘 할지
나 같이 게으른 놈엔 천직이야

언뜻 짜장면 생각에 휑하니 가

다른 거 한 젓가락 하고 왔다

맞아, 계획은 소용도 없어

이제부터 내 앞에 남은 건

무조건 다

한 끼 점심 같은 방학이려니

영상강의

코로나 무서워
살다 살다 별 걸 다해

카메라 세워놓고 빈 강의실서
중 염불하듯 혼자 중중댔다

그렇게라도 하라니 하지만
와, 세상 어색해 못해먹겠다

내가 잠깐 허깨비였던 건 괜찮아
암만 생각을 해봐도
눈 가리고 아옹
염병이 걸려도 그냥 강의가 나아
이건 사기야

바닷가에 산다면

산속에만 산 내가
풀, 나무 애기는 쓰지만
바다는 모르니 못써

바닷가에 산다면
백사장이며 파도에 갈매기
그런 글을 썼겠지만

잠깐 물 가 들여다본다고
써지진 않더라

평생 바다에 산 어부는
오늘 뭘 썼을까

무식

근 20년 뭘 배우긴 배웠는데
몽창 다 가물가물 도통 모르겠다

팔뚝 반 만한 누런 새
동전보다 좀 큰 노란 꽃
비늘처럼 껍질이 일어나는 나무 등
자연은 배운 적 없어
뭐 보통 난 이런 식이야

이 산속에선 무식해도
나무라는 이 없고

처음처럼

소주가 '처음처럼' 이라
멀쩡할 거면 뭐러 마셔

우주에 그런 건 없다
있다면 알려다오

나 다음 생에
그 거 한 번 마셔보게

손톱의 의미

30년 가까이는 사는 법을 배우고
배운 걸로
한 30년 그럭저럭 살다 보면
중지손가락 세 마디 중
끄트머리 한 마디
이제 어쩔 건데? 하며 묻지

인생,
그렇게 세 마디쯤 되나
팔뚝만큼 굵지도, 길지도 않아
딱, 손가락 세 마디

남은 마디에 손톱이 붙어있네
이유가 뭘까

필경, 무슨 이유가…

살며시
닫는 글

써 놓은 글을
세상에 내놓기 부끄러워 망설이던 차에
'도서출판 산다'에서
저의 글을 접하고 다그쳐
책으로 나오게 되었습니다.
세상의 자연과 섭리, 온갖 생명체 그리고 가족과 동료, 지인 등
이치대고 부대끼며 살아오고 살아가는 것과 사람들이
제가 글을 쓸 수 있게 만들었습니다.
이치대고 부대끼며 살아온 모든 것 모든 사람에게
감사드립니다.

김영성金永聲

자화상 오래 전 힘들었을 때

삶의 글
살며 시詩

글쓴이 | 김영성
초판 펴낸날 | 2022년 7월 1일
초판 2쇄 펴낸날 | 2022년 7월 12일

펴낸곳 | 도서출판 **산다**
펴낸이 | 최예지

주간 | 최재황
편집 디자인 | 이송미

등록 | 2017년 1월 5일 제 307-2017-1호
주소 | 서울시 성북구 동소문로 26마길 8 플로라의 뜨락 403호
전화 | 02 925 9413
팩시밀리 | 0502 925 9413
전자우편 | sanda001@naver.com

인쇄 | 주식회사 갭프로세스

ISBN 979-11-966122-4-5
값 15,000원